英国ちいさな村の謎⑦

アガサ・レーズンと死を呼ぶ泉

M・C・ビートン　羽田詩津子 訳

Agatha Raisin and the Wellspring of Death

by M. C. Beaton

コージーブックス

挿画／浦本典子

アガサ・レーズンと死を呼ぶ泉

主要登場人物

アガサ・レーズン……元PR会社経営者
ジェームズ・レイシー……アガサの隣人
ミセス・ブロクスビー……牧師の妻
ミセス・ダリ……カースリー婦人会の新しいメンバー
ピーター・フリーモント……ミネラルウォーター会社の共同経営者
ガイ・フリーモント……ピーターの弟。ミネラルウォーター会社の共同経営者
ポーシャ……ミネラルウォーター会社の秘書
ロバート・ストラザーズ……アンクーム教区会の議長
メアリー・オーエン……同教区会の委員。資産家。反対派
ビル・アレン……同教区会の委員。ガーデンセンターを経営。反対派
アンディ・スティッグス……同教区会の委員。元商店経営者。反対派
ジェーン・カトラー……同教区会の委員。裕福な未亡人。賛成派
アンジェラ・バックリー……同教区会の委員。農場主の娘。賛成派
フレッド・ショー……同教区会の委員。電機店経営。賛成派
ロイ・シルバー……アガサの元部下
ビル・ウォン……ミルセスター警察の部長刑事

1

アガサ・レーズンは退屈しきっていて不機嫌だった。コッツウォルズのカースリー村で隣のコテージに住むジェームズ・レイシーが、ようやく長旅から自宅に戻ってきたが、もうジェームズには恋をしていないんだから、冷たくされても気にしない、と必死になって思いこもうとしていた。

二人はあと少しで結婚するところだったのに、生存していたアガサの夫が結婚式に現れ、すべてをぶち壊しにしてしまったのだ。ジェームズはアガサが嘘をついたことをどうしても許せずにいた。

ラッパズイセン、レンギョウ、マグノリア、クロッカスが村じゅうに咲き乱れていたある春の夜、アガサはカースリー婦人会の会合のために牧師館へと歩いていた。この退屈な日々を活気づけてくれるようなゴシップが聞けるのではないかしらと、ちょっぴり期待に胸をふくらませて。

でも興味をひかれるような話はまったく出なかった。もっぱら近くのアンクーム村の泉のことが話題になっていたからだ。

アガサもその泉のことは知っていた。十八世紀にミス・ジェイクスという女性が庭で源泉を掘り当て、泉から塀の向こうまでパイプを通し、村人みんなで使えるようにしたのだ。水は髑髏《どくろ》の口からこんこんと湧いていた——当時ですら、さんざん批判を浴びた突飛な思いつきだった。水は地面に埋めこまれた浅い水盤に流れ落ち、水盤からあふれると、格子蓋を通って道路の下へと流れていった。そのあと、水流は細い川となり、あちこちの家の庭をうねうねと流れていき、最後にアンクーム川に合流した。ミス・ジェイクスが書いた下手な詩が髑髏の上方に刻まれている。こんな詩だ。

疲れた旅人よ、足を止め、見るがいい
ここに湧きでる水を
われらはこの諍《いさか》いの谷で暮らしつつ
腰をかがめて、深遠な命の水を飲む

二百年前、水には魔法の力があり、元気を回復させてくれると信じられていた。しかし今はハイカーが水筒を満たしたり、水道水よりもまろやかだったので、たまにアガサのような地元の人間が、お茶を淹れるために水筒を持って汲みに来たりするぐらいだった。

最近、新たに設立されたアンクーム・ミネラルウォーター社が、泉の水を一ガロン当たり一ペニーで汲み上げる許可をアンクーム教区会に求めようとしていた。

「たくさんの人が冒瀆《ぼうとく》だって言っているわ」牧師の妻のミセス・ブロクスビーが言った。「泉には宗教的なところはまったくないのにね」

「穏やかな田舎の生活に、不愉快な商業主義を持ちこむことになるのよ」婦人会の新しいメンバー、ミセス・ダリが反論した。最近ロンドンからコッツウォルズに越してきたので、新参者らしく村の暮らしを守ることに情熱を傾けていた。

「誰も気にしないんじゃないかしら」書記のミス・シムズが黒いストッキングをはいた脚を組むと、太腿の肌がちらっとのぞいた。「だって、水を運ぶトラックは毎朝夜明けにやって来るんでしょ。そのあとはこれまでどおり、自由に水を汲めるのよ」

アガサはあくびをこらえた。かつてPR会社を経営して成功したビジネスウーマンのアガサには、それはごく健全な商売のアイディアで騒ぎ立てるようなことには思えなかった。

それに、びっくりしたフェレットのような顔をしたミセス・ダリは好きではなかったので、アガサはこう言った。「すでにコッツウォルズはすっかり観光地化されているわ。バスツアーがどんどんやって来るし、カフェやクラフトショップだらけでしょ」

婦人会は三つに分かれた。ビジネスプランに賛成のグループ、反対のグループ、アガサのように何もかもうんざりだと感じているグループ。

ミセス・ブロクスビーは帰りがけにアガサをわきにひっぱっていった。彼女の穏やかな顔には心配そうな表情が浮かんでいた。

「なんだか落ち込んでいるみたいね、アガサ。ジェームズのせいなの？」

「いいえ」アガサは断固として嘘をついた。「季節のせいよ。春は気分が落ち込むの」

「四月は残酷な月、ですものね」

アガサはすばやくまばたきした。おそらく文学作品の引用だろう。アガサはその手の引用を芸術家気取りの連中が好むものとして忌み嫌っていた。

「そのとおりよ」ぼそっとつぶやくと、外のかぐわしい夜気の中に出ていった。

ひっそりした牧師館の庭で、満開のマグノリアの木が濡れたように輝いていた。奥の教会の墓地では、月光を浴びて白々と見えるラッパズイセンが、古い倒れかけた墓石に寄り添うように群生している。

教会墓地にお墓を買わなくては、とアガサは思った。生い茂った芝生と花の下で永《と》久《わ》の眠りにつくと思うと、心が慰められるわ。ため息が出た。現在の生活はしなびた果物、それも堅い種のあるしなびた果物のようにみすぼらしく哀れに感じられた。

ミネラルウォーター会社のことはほとんど忘れかけていた。しかし、一週間後、ロイ・シルバーが電話をかけてきた。ロイはアガサがPR会社を経営していたときの部下で、現在は彼女の会社を買いとったPR会社で働いている。ロイはやけに興奮していた。

「聞いてください、アギー」甲高い声で切りだした。「アンクーム・ミネラルウォーター会社のことなんですけど——聞いたことありますか?」

「ええ」

「うちの新しいクライアントになったんです。で、オフィスがミルセスターにあるので、あなたにフリー契約で、その案件のPRを担当してもらえないかとボスが言っているんですが」

アガサは電話機をにらみつけた。ロイ・シルバーは彼女の夫を見つけだしてきた張本人だった。そのせいでジェームズとまさに結婚式をあげようとしていたときに、夫が現れる羽目になったのだ。

「お断りよ」切り口上で答えると、受話器を置いた。

しばらく電話を見つめてすわっていたが、勇気をかき集めて受話器をとると、ジェームズの番号をダイヤルした。

最初の呼び出し音で彼は電話に出た。「ジェームズ」アガサは大げさなほど陽気な作り声で言った。「今夜ディナーでもいかが?」

「本当に申し訳ないんだが」ジェームズはそっけなく答えた。「忙しいんだ。ついでに言っておくと」と早口で続けた。まるで、今後の誘いに予防線を張るかのように。「これから二、三週間はずっと忙しいと思う」

アガサはそっと受話器を置いた。胃がしくしく痛んだ。胸が破れるとよく言うが、悲しいことがあると、たいていおなかの真ん中が痛くなった。

庭のどこかでクロウタドリが楽しげに歌っている。その愛らしい歌声のせいで、体の中の痛みをいっそう強く感じた。

もう一度受話器をとりあげると、ミルセスター警察署の番号にかけ、友人のビル・ウォン部長刑事を呼びだそうとしたが、今日は非番だと言われた。そこで自宅に電話してみた。

「アガサ」ビルはうれしそうに電話に出てきた。「今日は何も予定がないんです。こっちに来ませんか？」

アガサはためらった。ビルの両親はぞっとする人々なのだ。「残念ながら、ぼく一人ですけど」ビルは続けた。「父と母は親戚に会いにサウスエンドに出かけていて」

「すぐ行くわ」

アガサはジェームズのコテージを見ないようにしながら車を出した。

ビルはアガサに会って大喜びだった。二十代のビルは丸顔で、以前よりも少しスマートになっていた。

「元気そうね、ビル。新しいガールフレンドができたの？」ビルの恋愛事情は彼の体型で推測できた。ロマンスの予感がまったくないと、たちまちぽっちゃりしてくるのだ。

「ええ。シャロンっていう子で、署のタイピストなんです。とってもかわいいんですよ」

「もうご両親に紹介したの？」

「いえ、まだです」

じゃあ、しばらくは大丈夫ね、とアガサは皮肉っぽく思った。ビルは両親を崇拝していたので、恋人を紹介したとたんに恋が終わる理由を理解していなかった。

「ちょうどランチをとろうとしていたんです」ビルは言った。

「どこかに行きましょう。おごるわ」アガサはあわててつけ加えた。ビルの料理も母親といい勝負で、おそろしくまずかったのだ。

「いいですよ。通りのはずれにとてもおいしいパブがあるんです」

〈陽気な赤い雌牛〉という名前のパブは陰気な店だった。店内はビリヤード台に占領され、その周囲には、青白い顔をしたミルセスターの無職の若者たちが昼間の時間をつぶすためにたむろしていた。

アガサはチキンサラダを注文した。レタスはしおれ、チキンは筋だらけだった。ビルは脂っぽい卵とソーセージとフライドポテトを実にうれしそうにがつがつ頬張っていた。

「最近何かニュースはない、ビル？　わくわくすることはないの？」

「いや、あまり。とても静かですよ、ありがたいことに。あなたはどうなんです？　ジェームズとはよく会っているんですか？」

アガサは顔をこわばらせた。「いいえ、ほとんど会ってないわ。もう終わったのよ。そのことは話したくない」

ビルは急いで話題を変えようとした。「新しいミネラルウォーター会社の騒動はどうなっているんでしょうね？」

「ああ、そのこと。わたしはどうでもいいと思ってるわ。だって、どうして騒ぐのかよくわからないもの。連中は毎日夜明けに来て水を汲むだけで、あとは一日じゅうこれまでどおりなんでしょ」

「この件では嫌な予感がするんです」ビルはポテトをケチャップにつけながら言った。「環境に関係したことだと、遅かれ早かれ抗議グループが現れて、たいてい暴力沙汰に発展するんですよ」

「まさか、それはないんじゃないかしら」アガサはチキンを憂鬱そうにつついた。「アンクームはまるっきり生気のない場所だもの」

「それが意外なんですよ。騒動って、ぱっとしない場所でも起きるものなんです。環境になんてまったく関心がない攻撃的なグループが、ともかく殴り合う口実を求めている。それがグループの大多数なんじゃないかと思うこともありますよ。未来の環境について本当に心配している人々は、たいてい平和的な抗議をする小さくてひたむきなグループで活動しています。でもいつのまにか攻撃的な連中がそこに加わり、結局、ひどい傷を負う人も出てきます」

「どうでもいいわ。実際、最近はどんなことにも興味が持てないの」

ビルは愛情のこもったまなざしで心配そうにアガサを見た。

「調べられるような殺人事件が起きてほしいんでしょう。でも、そんな事件を提供するつもりはありませんからね。あなたの趣味のために、誰かが殺されるのを期待しないでくださいよ」

「趣味と呼ぶなんてちょっと失礼よ。んもう、まったくひどい料理ね」彼女は腹を立てて皿を押しやった。

「ここの食べ物はとてもおいしいと思うけど」ビルが言い訳がましく言った。「あなたは不幸せだから不機嫌になっているんですよ」

「ともかく、これでやせられそうね。あのろくでなしのロイ・シルバーが、そのミネラルウォーター会社のPRを担当してほしいと電話で言ってきたの」

「ありそうなことですね。彼らのオフィスはこのミルセスターにありますから」

「わたしは引退したのよ」

「そして、不幸で惨めな気分になっている。思い切って仕事を引き受けたらどうですか？」

だがアガサは断った本当の理由をビルに打ち明けるつもりはなかった。仕事で家を空けたら、ジェームズ・レイシーから離れることになる。奇跡的に彼がやさしくしてくれるチャンスがまだあるかもしれないのに。

アガサと別れたあとで、ビルは考えこみながら家に帰った。そして衝動的にジェームズに電話をした。

「調子はどうだ？」ジェームズが陽気にたずねた。「ずっと会っていないね」

「あなたは海外に行っていたんですよね。たった今アガサとランチをとって、そういえば、あなたとずっと話をしていなかったと気づいたものですから」

「そう」ジェームズの「そう」という返事があまりにも冷ややかだったので、漫画だったら、自分が手にしている受話器の電話コードからつららがぶらさがっていただろうとビルは思った。ビルはジェームズともやま話をしながらも、どうして気の毒なアガサをそろそろ許してやり、ディナーに誘わないのか、と訊きたくてたまらなかった。

一週間後、アガサが四本の煙草と三杯の濃いブラックコーヒーというのもの朝食をすませたとき、電話が鳴った。「どうかジェームズでありますように」長い顎ひげを生やした、ぼさぼさ頭の擬人化された神に祈った。せっぱつまると、しじゅうアガサはその神と取引をしていた。「どうかジェームズでありますように。もしそうだったら、二度と煙草は吸いません」

しかし、アガサの知っている神は神話に出てくるような意地悪な神だったので、かけてきたのがロイだと知ってもさほど驚かなかった。

「切らないでください」ロイが急いで言った。「ねえ、ぼくがご主人を見つけだしたから、まだ恨んでいるんですね」

「そして、わたしの人生を破滅させたからよ」苦々しげに答えた。

「でも、彼はもう死んだんでしょう？　それなのにジェームズが結婚したがらないのは、ぼくのせいとは言えないんじゃないかな」

アガサは乱暴に電話を切った。

ドアベルが鳴った。たぶん神は彼女の願いを聞き届けてくださったのだ。アガサは煙草をもみ消した。

「最後の煙草よ」天井に向かってつぶやいた。

ドアを開けた。

立っていたのはミセス・ダリだった。

「ちょっとお願いがあってうかがったんです、ミセス・レーズン」

「どうぞ」がっかりしながら言うと、ミセス・ダリをキッチンに案内してテーブルにつき、不機嫌な顔で煙草に火をつけた。

ミセス・ダリも腰をおろした。「煙草は遠慮していただけないかしら」

「冗談でしょ。ここはわたしの家だし、これはわたしの煙草なのよ。どういうご用件かしら？」

「寿命を縮めているのがわからないの？」

アガサは煙草を見つめてから、ミセス・ダリをじろっと見た。

「縮めているのはわたしの寿命で、あなたの寿命をどうこうしているわけじゃないから安心して。さっさと用件を言ってくださいな。お願いって？」

「水なの」

「水なら蛇口をひねれば出るでしょ。おたく、断水しているの？」

「いいえ、そういうことじゃないの。母が泊まりに来るのよ」

アガサは驚いて目をパチパチした。ミセス・ダリはもう六十代後半だろう。

「母は九十二になるんだけど」とミセス・ダリは話を続けた。「おいしいお茶には目がないのよ。わたしは車を持っていないから、アンクームの泉で水筒にお水を汲んできていただけないかと思って」

「アンクームに行く予定なんてありませんけど」アガサは村のこの新入りが虫酸《むしず》が走るほど嫌いだった。ぞっとするほど醜い女性なのだ。外見がとびぬけて醜いのではない。おかしなものだが、何かにつけてぶしつけに難癖をつけたり、不平不満を発散している雰囲気のせいで、ここまで醜く感じるのだ。

ミセス・ダリはハイネックのブラウスの上にありふれた袖なしのキルトジャケットを着て、きっちりと喉元までボタンをかけていた。尖った鼻、すぼめた唇、砂色の髪。何かを狙っているみたいな淡い緑色の目は、最近ますます獰猛《どうもう》な野生動物じみてきた気がする。常に殺す獲物を探している獣の目。

「他に頼める人がいないの？」アガサはミセス・ダリにコーヒーを出そうかと迷ったが、出すまでもないと思い直した。

「みんなとても忙しいみたいなのよ」ミセス・ダリはぼやいた。「でも、あなたはやることもあまりなくて暇そうに見えたから」

「おあいにくさま、わたしもいろいろ忙しいのよ」アガサはカチンときて言い返した。

「新しいミネラルウォーター会社のＰＲを担当することになったから」

ミセス・ダリはハンドバッグと手袋をつかんで、さっと立ち上がった。「あきれたわ、ミセス・レーズン。この村に住んでいるあなたが、よりによって、このあたりの環境を破壊しようとしている会社を支援する側に回るなんて、信じられない」

「とっとと帰って」アガサは声を荒らげた。

一人になると、もう一本煙草に火をつけた。その日は何度も何度も、ミネラルウォーター会社のPRを担当することについて考えた。もちろん、オファーはもうひっこめられてしまったかもしれない。でもまだポストが空いていて、新製品の売りだしに関わることになったら、仕事に忙殺されるだろう。そして必死になって働いていれば、ジェームズに馬鹿げた電話をして拒絶されるような屈辱を味わわなくてすむ。

テレビ相手の哀れな夜で、アガサの気分はほとんど上向きにならなかった。チョコレートバーを丸々一本平らげると、スカートのウエストがぞっとするほどきつく感じられた。おなかがしめつけられているように感じるのは、たぶん精神的なストレスのせいだと思おうとしたが、無理がありすぎた。そこで、水筒を持ってアンクームまで歩いていき、お茶用の水を汲むついでに改めて泉を見てくることにした。

今夜も美しい夜だった。生け垣にはウワミズザクラの花が星のようにちりばめられ、道路の両側の果樹園ではリンゴの花が揺れている。がっちりした体つきのアガサは、夜の華やかさに圧倒されながら歩いていった。

アンクームまでは三、四キロだったので、泉に着いたときはへとへとで、車で来なかったことを悔やむありさまだった。

泉は村はずれの照明のない一角にあり、そこで住宅が途切れて野原が広がっている。泉に近づいていくと、ピチャピチャという水音が聞こえてきた。

アガサは泉にかがもうとしたとたん、恐怖に息をのみ、水筒を手からとり落としてあとずさった。足元では、夜空の月と星のかすかな光を浴びて、死人がこちらを見上げていたのだ。

脈を探ったが見つけられず、完全に死んでいるようだった。

アガサはいちばん近い家まで走っていき住人をたたき起こすと、警察に電話した。ブランデーかお茶でもという申し出を断り、アガサは勇気を奮い起こして泉に戻っていき、警察の到着を待った。たちまち村じゅうに噂が広がり、警察がやって来たときには、押し黙った人々の輪が死体をとり囲んでいた。泉の上の髑髏が死体を悪意のこもった目でにらみつけている。

声をひそめたささやき声から、死体はミスター・ロバート・ストラザーズという男性のようだった。アンクーム教区会の議長だ。後頭部からにじみ出る血が泉に流れこみ、闇に黒く見える血が、石盤で渦を巻いている。

サイレンが夜のしじまを破った。ようやく警察が到着したが、ビルはその中にいなかった。非番の日だったからだ。

しかし、アガサはウィルクス警部を見つけた。

彼女はパトカーの中で、女性警官に供述をした。頭がぼうっとしてよく働かなかった。待っていれば、パトカーで家まで送ると言われた。

ようやく、自分のコテージでパトカーを降りた。玄関で足を止め、隣のコテージの方を期待をこめて眺めた。ジェームズと話をする絶好の機会だ。しかし、死体を発見したショックが、彼女の中の何かを変えてしまった。そこまでする価値なんてないわ、とアガサは考えながら自分の家のドアを開けて中に入った。

コーヒーを淹れていると、ドアベルが鳴った。今回はジェームズが戸口に立っていることを期待しなかったので、心からの感謝と安堵を嚙みしめながら、牧師の妻、ミセス・ブロクスビーを出迎えた。

「恐ろしいニュースを聞いたから」ミセス・ブロクスビーは灰色の髪を耳の上にかきあげながら言った。「こちらに泊まろうと思って来たの。一人きりでいたくないでしょ」

アガサは愛情こめてミセス・ブロクスビーを見つめながら、これまで彼女が泊まりに来てくれたいくつもの夜のことを思い返した。「大丈夫だと思う。でも、寄ってくれてうれしいわ」

ミセス・ブロクスビーはアガサのあとからキッチンに入ってきて椅子にすわった。

「ミセス・ダリが電話でニュースを知らせてくれたの。外を見て。村じゅうに明かりがついてるわよ。ひと晩じゅう、この話でもちきりでしょうね」

「例の水のビジネスについて教えて」アガサはコーヒーのマグを手渡した。「水の供給について教区会が決定を下すところだったんでしょう」

「ええ、そうなの。その件ではかなり激しい議論が戦わされていたみたい」

「誰が水源を所有しているの？」

「ああ、水はミセス・トインビーの庭から湧きでているけど、泉は道路上にあるから、その部分は教区のものなのよ。教区会には七人の委員がいて、全員が何年も委員を務めているわ」

「教区選挙はないの？」

「それがねえ、選挙の時期が巡ってきても、誰も仕事をやりたがらないし、立候補して彼らと争おうとする人もいないのよ。亡くなったミスター・ストラザーズは議長で、ミスター・アンディ・スティッグスが副議長。残りの委員は——ミス・メアリー・オーエン、ミセス・ジェーン・カトラー、ミスター・ビル・アレン、ミスター・フレッド・ショー、ミス・アンジェラ・バックリー。ミスター・ストラザーズは元銀行員。ミスター・スティッグスは元商店経営者で、ミス・メアリー・オーエンは資産家。ミセス・ジェーン・カトラーは裕福な未亡人。ミスター・ビル・アレンはガーデンセンターを経営しているわ。ミスター・フレッド・ショーは地元で電機店をやっていて、ミス・アンジェラ・バックリーは農場主の娘よ」

「で、誰が水を売ることに賛成で、誰が反対だったの？」

「覚えている限りでは、ミセス・カトラー、フレッド・ショー、アンジェラ・バックリーが賛成で、メアリー・オーエン、ビル・アレン、アンディ・スティッグスが反対だったわ。議長が決定票を投じることになっていたけれど、たしか、まだ決心していなかったんじゃないかしら」

「賛成派の誰か、あるいは反対者の誰かが、議長がどちらに投票するかを知り、それが気に入らなかったという可能性はあるわね」厚めに切りそろえた茶色の前髪の下で、アガサのクマのような目がきらっと光った。

「それはないんじゃないかしら。全員が物静かな年配者だもの。ミス・バックリーだけはまだ四十代だけど。みんな、まっとうな生活を送っているのよ」

「だけど、この件でメンバーのあいだにひと悶着《もんちやく》起きていたんでしょ」

「たしかに」ミセス・ブロクスビーはしぶしぶ認めた。「かなり熱くて激しい議論が戦わされたみたいね。それに村人たちも真っ二つに分かれているの。メアリー・オーエンは村人たちに相談がなかったと抗議して、村の公会堂で集会を開くつもりでいる。たしか来週開かれる予定だけど、こんな殺人事件が起きたからには延期されるにちがいないわ」

「殺人だと判明したらね」アガサはのろのろと言った。「だって、彼は年寄りだったし、仰向けに倒れていた。心臓発作を起こして後ろ向きに倒れ、頭を水盤に打ちつけた可能性だってあるでしょ」

「それが真相であることを祈りましょう。じゃないと、新聞記者やらテレビクルーやらがやって来ることになる。ここが脚光を浴びたら、こんなに美しい土地だもの、今以上に観光客が押し寄せてくるにちがいないわ」

「わたしだって観光客みたいなものよ」アガサは嘆息した。「ここの土地の生まれじゃないもの。村の人たちが海外で休暇を過ごして帰ってきたときに、ひどい観光客のことで文句を言っているのを聞くと、本当に腹が立つわ。自分たちだって、海外では観光客の一人なのに」

「そんなことってめったにないんじゃないかしら」牧師の妻が穏やかに異を唱えた。「カースリーの人たちはカースリーを離れたがらないから」

「ま、どうでもいいけど。ともかくイヴシャムやモートンに買い物に行けば、よその人の空間を侵害しているってことでしょ。この地球は観光客だらけの惑星なんだわ」

「それに難民のね。ボスニアのことを考えてみて」

「ボスニアなんてくそくらえよ」アガサは毒気たっぷりに言ってから、うしろめたくなった。「ごめんなさい」小声でつぶやいた。「わたし、ちょっと動揺しているみたい」

「当然だわ。さぞショックだったでしょうね」

たしかに、とアガサは思った。これまでのキャリアで彼女は男性と同じような男っぽさを身につけていた。だから、とっさに「あら、へいちゃらよ。ほら、知ってのとおり、死体には慣れているから」と言おうかと思った。しかし、人生であまりにも多くのことを恐れていたからこそ、アガサは拳を振り回しながら世の中を渡ってきたのだ。でも、カースリーの穏やかな暮らしと村人たちの親切は、アガサのまとっていた堅い殻の下にまで入りこんできたようだった。

「もしこれが殺人だとわかって、事件を調べるつもりなら」とアガサは考えを口にした。「アンクーム・ミネラルウォーター社のPRの仕事を引き受けてもいいわね」

「ミセス・ダリはすでにあなたが引き受けたと言いふらしてたわよ」

「なんておしゃべりな婆さんなの！　うちに訪ねてきて、泉から水を汲んできてほしい、どうせ他にやることもないでしょ、みたいなことを言われたから、PRの仕事をするって応じただけなのよ。自分が役立たずみたいな気分にさせられたわ」

「あまりいろいろ質問して回ったら危険かもしれない」

「殺人事件なら、きっとすぐに解決するわよ。賛成派の誰かがストラザーズに反対されたくなかったか、反対派の誰かが、村の生活がだいなしにされ環境が破壊されると考えたか、どっちかよ」

「それはないと思うわ。あなたは教区会を知らないけど、わたしはよく知っている。もちろん、この件では、かなりカッカしているみたいだけど、全員が地域社会で信頼されているちゃんとした人々なのよ。ジェームズといっしょに調査するつもりなの？　これまで二人でいくつもの殺人事件を解決してきたでしょ」

「いいえ、彼ったら、とっても失礼で無愛想な態度をとっているの。彼には近づかないつもりよ」

ミセス・ブロクスビーが帰ってしまうと、アガサは寝る支度をした。古いコテージもいつものように寝支度をするためにあちこちがきしみ、さまざまな野生動物が茅葺《かやぶ》き屋根の中でがさごそ音を立てた。いつもの物音にもアガサはぎくりとし、勇敢なふりなんてしないで牧師の妻に泊まっていってもらえばよかったと後悔した。でも、すぐ隣にはジェームズがいるのだ。今頃はもう殺人について耳にしているにちがいない。わたしを守り、慰めるために、訪ねてきてくれてもいいはずなのに。涙がひと粒、鼻のわきを伝っていき、アガサは不安な眠りに落ちていった。

今日もまた春のすばらしい天気で、ゆうべの恐怖を追い払ってくれた。ビル・ウォンがアガサの供述をとるために、女性警官を同行してやって来た。ジェームズ・レイシーはパトカーが到着するのを目にしていたし、殺人事件についても、死体を発見したのがアガサだということもすべて知っていた。詳細を話そうと意気込んで、アガサが電話をかけてくるだろうと期待していたが、ビル・ウォンが帰っても、ジェームズの家の電話はリンとも鳴らなかった。

アガサが電話したのはロイ・シルバーだった。「アンクーム・ミネラルウォーター社のフリーの仕事を引き受けることにしたわ」彼女はぶっきらぼうに伝えた。いまさら遅い、と言ってやる勇気があればとロイは思ったが、ボスがアガサに依頼できたら大成功だと考えている以上、それは口に出せなかった。

「すばらしい」ロイは冷ややかに言った。「明日、役員たちとのミーティングをセッティングします」

「新聞は読んだんでしょうね」

「何のことですか?」

「アンクーム教区会の議長がゆうべ死体で発見されたのよ——わたしに」

「まさか! あなたはハゲタカみたいですね、アギー。ミネラルウォーター社の悪いイメージを消すためにも、あなたの力がいっそう必要になりそうだ。殺人なんですか?」

「かもしれない。でも、議長はとても高齢だったし、たんにころんで、水盤に頭を打ちつけた可能性もあるわ」

「ともかく、またあとで電話して、役員とのミーティングの時間をお知らせします」

「どういう人たちと仕事をすることになるの?」

「共同経営者のガイとピーター・フリーモントです。兄弟なんです」

「どういう経歴？」

「都会のビジネスマンですよ、やり手の。そういう連中はよく知っているでしょう」

「わかったわ、あとで連絡して」

アガサは時計を見た。そろそろランチの時間だ。地元のパブ〈レッド・ライオン〉に行き、ゴシップを手に入れてくることにした。もしかしたらジェームズも来ているかもしれない……いえ、彼のことは忘れなさい！

念入りに身支度を調え、恐怖の鏡と呼んでいる拡大鏡でじっくりと顔を点検した。頬の皮膚はまだなめらかだったが、目の周りに細い皺《しわ》が走り、上唇には醜い縦皺が入っていた。でも髪の毛は豊かで艶《つや》があり、脚の形はよかった。ただし体型はややがっちりしていたし、首はいささか短かったが。皺にファンデーションを伸ばしながら、ため息をついた。それから粉をはたき、口紅を塗った。マスカラに手を伸ばしかけて、思いとどまった。ウォータープルーフのマスカラは落とすのに時間がよけいにかかり、たいてい何日も目の下にこびりついている。睫毛《まつげ》を染めてもらうべきかもしれない。フェイスリフトは効果があるかしら？　それとも、かえって美しく年老いていくことができなくなる？　そもそも美しく年老いた人なんているの？　あきらめるか、戦いに敗れるかの選択なのかしら？

パブへと歩いていきながら、アガサは孤独感と疎外感に襲われた。都会の暮らしが骨の髄《ずい》まで染みこんでいるせいで、田舎には絶対に根を下ろせないのかしら。それでも、村はとても美しく、花の枝の下を歩いていくと心が穏やかになっていった。はるか頭上には、雲ひとつない水色のコッツウォルズの空が広がっている。もうじき水まき禁止令が出るんでしょうね、と実際的なアガサは思った。

もう少しでパブだというところで、二匹の猫たち、ホッジとボズウェルにえさをやるのを忘れていたことに気づいた。うめき声がもれた。食事をして戻るまで待たせておいても大丈夫だろう。動物のことでセンチメンタルになる愚かな女にはなりたくなかった。

それでもアガサはコテージに引き返して猫にえさをやり、庭に出してやった。そして、一日分の運動と新鮮な空気はもうこれぐらいで充分だと感じて車に乗りこむと、パブまでの短い距離を走り、ビールと煙草の臭いが漂う薄暗い店内にうきうきと入っていった。

バーの店主、ジョン・フレッチャーはジントニックを出してくれ、地元の人間たちが話を聞こうとアガサを取り囲んだ。注目の的になることはいつでも大歓迎だったので、アガサは死体を発見したぞっとする顚末《てんまつ》を詳細に語った。「殺人じゃないかもしれないわ。ころんだだけかもしれない」彼女はしめくくった。

「殺人に決まってるわよ」ミス・シムズが言った。彼女はカースリー婦人会の書記であり、村の有名なシングルマザーだった。「それに、誰がやったかも知ってるわ！」

「誰なの？」アガサは訊いた。

ミス・シムズは半パイントビールのグラスを胸に押しつけた。「あの教区会委員のメアリー・オーエンよ」

「何言ってるんだか」地元の警官フレッド・グリッグズがどたどたと近づいてきて、話の輪に入ってきた。「メアリー・オーエンはハエ一匹殺せない感じのいいおばあさんだぞ」

「何歳なの？」アガサはたずねた。

「六十五だ」

アガサは顔をしかめた。彼女は五十代半ばだったので、六十代を年寄りだと考えたくなかった。

「昔は感じがよかったのかもしれないけど、このアンクーム・ミネラルウォーター社が登場してから、しょっちゅう怒鳴ったりわめいたりしているわ。あのくらい年をとると、すぐに頭のたががはずれかねないのよ」とミス・シムズが頑固に言い張った。

「まだ殺人だと決まってないんだ」フレッドが言った。「おれに一杯おごってくれる人はいるかい？」

「いいわよ」アガサが言った。「仕事中に飲んでるの？」

「非番だよ。フック・ノートンを一パイントいただくよ」

「死体が見つかったのに警官が休みをとれるとは思わなかったわ」

「捜査は刑事たちがやっている」

ミセス・ダリが近づいてきて、話に加わろうとした。アガサは彼女をグループに入れまいとして背中を向けた。しかし、ミセス・ダリはアガサを押しのけた。

「殺人事件の話をしているの？」彼女は意気込んでたずねた。

「他にも話題はあるのにね」アガサはため息をつきながら、警官の酒代を払った。

「メアリー・オーエンが犯人だって話してたところなの」ミス・シムズが言った。

「わたしはデュボネをいただくわ、ジョン」ミセス・ダリは言った。「あなたがここにいるので驚いたわ、ミセス・レーズン」彼女はアガサをじろっと見た。「だって、警察署でさんざん絞られているとばかり思っていたから」

「どうして？」アガサは憤慨してミセス・ダリをにらみつけた。

ミセス・ダリは悪意のこもった小さな笑い声をあげた。「死体を発見した人物が第た容疑者だと相場が決まっているでしょ」

「馬鹿馬鹿しい」フレッドが言った。「ミセス・レーズンはたまたま死体に出くわしただけだよ」

「あなたって、これまで驚くほど何度も死体に出くわしているのよねえ」ミセス・ダリは小鳥のように酒をちょびっとすすった。「そして、そのおかげでたしかに悪名を馳せたわね。最近、あなたの生活は静かすぎたんじゃないの？」

アガサの顔は怒りで真っ赤になった。「新聞に載るために、人殺しをして回っていると言いたいの？」

ミセス・ダリは甲高い笑い声をあげた。「あら、ただの冗談よ」

「じゃあ、冗談といっしょに、そのやせたおケツも持ち帰ってちょうだい」アガサは怒鳴った。死体を見つけたショックがいきなりどっと襲いかかってきて、目に涙があふれた。

「あっちに行きましょ」ミス・シムズがスツールから立ち上がった。「この嫌な女から遠い静かなテーブルにすわりましょう」

ミス・シムズと腰をおろしたとき、アガサの膝はガクガク震えていた。

「騒ぎを起こしてごめんなさい」蚊の鳴くような声で謝った。「ものすごく恐ろしい経験だったの」

「マスコミには追い回されている？」

「いいえ」そういえば意外だった。「どうしてかしら」

「〈グロスター・エコー〉では、死体が地元の女性によって発見されたと書いてあっただけだったわ」

死体の発見でショックを受けているにもかかわらず、アガサは怒りを覚えた。「死体はミセス・レーズンによって発見された。過去に殺人事件が解決された際に、彼女は非常に警察の力になってくれた」と、警察は発表してもよさそうなものだ。

「あのミセス・ダリって、意地悪な女ね」ミス・シムズが言った。

「どの村にもああいう人はいるものよね」アガサは憂鬱な面持ちになった。「彼女の言葉にカッとなるべきじゃなかったわ」

「ねえ、ミセス・レーズン……」

「アガサと呼んで。どうしてみんな苗字で呼び合うのかしら？」

「その方が好きだから。礼儀正しい感じがするし。事件を調べるつもりなの？　ミスター・レイシーは手伝ってくれそう？」

「最近のジェームズが何をしているか知らないし、どうでもいいわ。だけど、たぶん事件についてもっと情報をつかめると思うの。新しいミネラルウォーター会社のPRをフリー契約で担当することにしたから」

「水なのが残念だわ。ジンかウィスキーなら、無料サンプルをどっさりもらえるでしょ。今のボーイフレンドは水回りの設備会社にいるの。よかったらトイレ便座を手に入れてあげるわよ」

「ありがとう、でも、うちのトイレ便座は問題ないから。教区会のメンバーの誰かを知っている?」

「アンクームの教区会ね。あなたが海外にいるあいだに、婦人会はアンクームでコンサートをしたのよ。あそこの教区会のメンバーは老いぼればっかり。ハエ一匹殺せないわね。たぶん、あのおじいさんは、たんにころんだだけかもしれない」

会話は村のゴシップに移り、アガサは気分がよくなって家路についた。留守番電話にロイから伝言が入っていた。アンクーム・ミネラルウォーター社の二人の経営者と明日午後三時に会うことになったのだ。

仕事の期待に心が慰められ、午後に長い散歩をしたおかげで、ようやくアガサはぐっすりと眠ることができた。

2

惨めな日々にも埋め合わせがあるものだ。数カ月前にはウエストがきつくて入らなかった注文仕立てのスカートが、するりとはけたのだ。シャツとかっちりしたジャケットを着て、グッチのブリーフケースにメモ帳とペンを入れた。これで新しい仕事の準備は整った。

食べていけるだけの財産があってよかった、おかげで仕事をもらえるかどうかあまり気にせずにすむから、とアガサは思った。

アガサは途中、村の雑貨屋に寄り、新聞を数紙買った。まだ事件についての記事はほとんどなかった。どの新聞も小さな記事で、ミスター・ストラザーズの死について「警察は捜査を継続中」と報道しているだけだった。

ミルセスターまで車を走らせ町の中心部を走り抜けると、町はずれにある工業団地に向かった。そこに新しいミネラルウォーターの会社があるのだ。

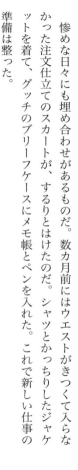

アガサの熟練した目はエントランスホールの数少ない家具を値踏みした。ローソファ、テーブル、高級雑誌、鉢植えの観葉植物。見栄えはいいが、あまりお金をかけていないようだ。

なめらかな茶色の肌と大きな鹿のような目をした受付係は、ジャマイカ訛りでしゃべり、アメリカンフットボールの選手のような肩パッドの入った服を着ていた。彼女はアガサの名前を訊き、誰かに電話すると言った。「すぐに秘書が参ります」

さて、どのぐらい待たせるつもりかしらね、とアガサは心の中でつぶやいた。成功している会社の役員はえらそうなそぶりは見せないものだ。

二分後、長身でやせたダイアナ妃そっくりの女性が現れた。「ミセス・レーズンですか？　どうぞこちらへ」ジバンシイの香水アマリージュの香りのあとから、オフィスの廊下を進んでいった。どのオフィスのドアの向こうからも、ほとんど物音がしなかった。誰もいないのだろうか。

廊下の突き当たりで、秘書は「会議室」と記されたドアを開け、わきに寄ってアガサを通した。

アガサは会議室をすばやく見回した。長いオークのテーブル、六脚の椅子、ふたつの窓にはベネチアンブラインド。部屋の隅にはコーヒーマシン、カップ、ミルク、砂糖、ビスケットが用意されたテーブル。

「どうぞこちらにおすわりください、ミセス・レーズン」秘書はテーブルの端の椅子を引いた。「コーヒーはいかがですか?」

「ブラックでお願い。それから灰皿も」

「灰皿はないと思います」

「わたしがおたくの会社のために仕事をすることになるなら、見つけておいた方がいいわよ」最近喫煙者が感じさせられるうしろめたさのせいでいらっとして、そう言った。

秘書は黒い睫毛に縁取られた青い目を大きく見開いた。海面を思わせるその青い目に一瞬だけ憎悪の光がよぎったが、すぐに消えた。

「お名前は?」アガサは訊いた。

「ポーシャ・サーモンドです」

「そう、ポーシャ、今日、ビジネスの話はできるのかしら?」

「ミスター・ピーターとミスター・ガイがすぐに参ります」ポーシャはコーヒーマシンのところに行き、アガサのためにコーヒーを淹れた。ポーシャはそれをアガサの前に置くと、その横にもう一枚ソーサーを並べた。「灰皿を見つけるまで、それをお使いください」

部屋の奥のドアが開き、一人の男が手を差しのべながら入ってきた。

「ピーター・フリーモントです。ガイはすぐに来ます」

ピーター・フリーモントは年の頃四十歳ぐらいの精力的な男で浅黒い肌をしており、黒髪のもみあげはすでに灰色になっていた。大きなぼってりした鼻と小さな口に濃いぼさぼさの眉毛、やけに大きな頭。大きな体をピンストライプのスーツに包み、小さな足には子どもの靴みたいな黒の編み上げ靴をはいている。風船によく描かれている男を連想させた。彼の足首にひもを結びつけて、窓から押しだしたら、空に向かってふわふわ上がっていくかしら、とアガサは突拍子もない空想をした。

しかし、そのとき弟のガイが入ってきたので、たちまちピーターのことを忘れた。ガイ・フリーモントは美しかった。細身で長身、漆黒の髪、抜けるほど青い瞳。肌は日に焼け、アスリートのような体つきをしていた。アガサは三十代半ばだろうと推測した。あまりにもまばゆい微笑を向けられたので、困惑を隠そうとしてブリーフケースに入れたノートを探すふりをした。

全員がテーブルについた。「さて、ビジネスに入りましょう。あなたの手腕は非常に高く評価されていますね」ピーターが言った。

「まず確認しておきたいんですけど」とアガサは切りだした。「村の公会堂でメアリー・オーエンによって開かれる集会が、やっかいな問題になるんじゃないでしょうか？　村人全員がミネラルウォーター会社に反対だったら、どうするんですか？」

「向こうには手の打ちようがないはずですよ」ピーターが黒い毛がもじゃもじゃ生えたぽっちゃりした手をテーブルの上で組んだ。「泉はミセス・トインビーの庭で湧きでています。ミセス・トインビーは、最初に泉を道路まで引いたミス・ジェイクスの直系子孫で、われわれに許可を与えてくれています」

ガイがフォルダーを開いて、アガサの前に一枚のデッサンを押しやった。「ボトルはこんなふうになる予定です」髑髏の口から水があふれだしている写真がラベルに使われているので、アガサは啞然とした。「ちょっと気味が悪くないかしら？　とりわけあそこで殺人事件があったわけですからね」

「まだ殺人とは決まっていませんよ」ガイが言った。「ともあれ、髑髏というのはたいてい売り上げを伸ばすんです。広告にいつも髑髏みたいなものを使用していた煙草会社があったし、あるジンのブランドは髑髏の形をしたグラスに氷を入れた広告を使っていました」

「検討の余地があるわ」アガサは煙草に火をつけた。「お酒を飲んだり、煙草を吸う人間には自殺願望がある。でも、ミネラルウォーターみたいなまずい物を飲む人たちは、たいてい健康おたくよ」

「最近はちがいますよ」ピーターが言った。「自殺願望のある元アルコール依存症患者かもしれない。いま流行の〝酒抜きランチ〟に出席するビジネスマンやビジネスウーマンかもしれない。あるいは、たんに水道の水の味に我慢できない人かもしれない。たいていプールみたいな臭いがしますからね。でも、誰もが死に魅了されているんです。ミネラルウォーターの販売開始にあたって、大きなイベントをする必要がありますね。ブレナム宮殿みたいな宏壮な場所を借りるというのはどうでしょう?」

「まず許可が下りないでしょうね。自分たちの飲み水がどうやって作られているか承知しているから」アガサが指摘した。

「船を雇ってテムズ川を下るのはどうかな、セレブをどっさり招待して。マスコミにもたっぷり酒をふるまう」ガイが提案した。

「時代遅れよ」アガサが却下した。「わたしに考えがあるわ。村人の善意を得られるようなものにしなくちゃならないんだから、村祭りがいいわ」

「うわあ、やめてくださいよ」ピーターが異を唱えた。「べとついたケーキと自家製ジャム、七〇年代のローラ・アシュレーの服を着た女性たちなんて」

「いえいえ、聞いてちょうだい」アガサは説得にかかった。「どうして観光客はコッツウォルズに来ると思います？」

「名所があるから？」ピーターが言った。

「いいえ、そうじゃないんです。イギリス人もアメリカ人に劣らず趣味が悪いのよ。アメリカ人は、ジューン・アリソンが白い囲い柵のそばでアップルパイを持っている古きよき時代を信じたがっている。イギリス人は、クロケットと領主が賞品を授与してくれる田舎を求めている。たしかにこうした村のイベントは野暮ったいわ、それは認めます。でも、今回の祝祭は、マーチャント・アイヴォリー・プロダクションの映画から抜けだしてきたみたいなものにできるはずだわ。それに、オープニングにはアメリカの映画スター、ジェーン・ハリスを呼ぶつもりよ」

「共産党員なんじゃ？」

「問題ないわ。彼女の健康と美容のビデオは大量に売れている。それに地元のよぼよぼの貴族もひっぱりだします」

「よさそうだな」ガイが考えこみながら言った。「しかし、天気まではコントロールできない。雨がざあざあ降っていては、イギリスの典型的な祝祭なんかに人は集まらないだろう」

「七月はたいていうんざりするような天気が続くわ。八月の終わりにしましょう、子どもたちが学校に戻る前の時期に」

彼らは村祭りについてあれやこれやを議論し合った。アガサは明白な事実を指摘して、あくまで自分の意見を押し通した。つまり、アンクーム・ミネラルウォーターとして水を売りだすなら、アンクーム以上にうってつけの発表の場はないでしょう？と。

「最後にひとつ」とアガサは言った。「村の公会堂で開かれる集会のことが心配なんです。わたしたちも会社を代表して出席するべきだと思うわ。村人たちが反対することになったら、評判はがた落ちですからね。集会がいつになるか、改めてご連絡します」

「ガイがいっしょに行けばいい」ピーターが言った。

そこへポーシャが入ってきた。

「どうしたんだ？」ピーターがたずねた。

「あの亡くなった人ですけど、他殺だったんです」

「報告してくれてありがとう」

二人とも秘書が出ていくのを待ってから口を開いた。「悪くない、悪くないな」ピーターがほくそ笑んだ。

「どうして殺人事件が役に立つのかわからないわ」アガサは二人を見た。それからゆっくりと言葉を発した。「もちろん、村の公会堂にはたくさんのマスコミがやって来るでしょうね」

「そのとおり」とピーター。「それに、あなたが優秀なPRウーマンだというなら、村人全員がわが社を支持するような秘策を編みだしてもらいたいね。まちがいなく、それだけの金は支払っているんだから」

アガサは鞭《むち》をふるわれるのは好きではなかった。「支払っていただいた分だけの仕事はしますよ」と無表情に応じた。「さて、他になければ、みなさん……」

「最後の言葉は少々趣味が悪かったな、兄貴」アガサが帰ってからガイがとがめた。

「あの手の女を前にすると、つい口から飛びだしてしまうんだ。まったく強引な女だ」

「だからこそ、セクシーなんだ」ガイは物思いにふけりながら、アガサがたった今出ていったドアを見つめた。

アガサがカースリーに戻ってくると、マスコミ連中が玄関で待ちかまえていたので、

PR担当という自分の新しい役割を意識して、彼ら全員を家に招じ入れて飲み物をふるまった。そして、いかにして死体を発見したかを語ったあとで、新しいミネラルウォーター会社の宣伝をした。

マスコミが帰ってしまうと、ロイ・シルバーが電話してきて、首尾を聞きたがった。

「上々だったわ」アガサは言った。「わたしに支払うお金のことで、ピーターから嫌味を言われたけど。いつもどおりの契約料を払ってくれるつもりなんでしょうね？」

「そう言ったでしょう。質の高いPRが必要なら、それだけの金を支払わなくてはならないって、彼らに言っておきました」

アガサは村の公会堂での集会について話した。

「ぼくもその場にいた方がよさそうだ」ロイの言葉に、華やかなガイの姿がアガサの頭に浮かんだ。

「あなたには来てほしくないわ」と、そっけなく断わった。

「誰がこの仕事をとってきたと思ってるんですか？」

「わたしにミネラルウォーター会社の仕事をおりてほしいの？」

「ただの冗談ですって、アギー」

アガサは電話を切った。

常にガイ・フリーモントの麗しい姿を思い浮かべていれば、ジェームズ・レイシーの姿を思いださずにすむことに気づいた。

ここしばらくなかったほどの陽気さとエネルギーがあふれてきたので、ノートパソコンをとりだすと、熱心にキーをたたき、オープニングに来てもらえそうなジャーナリストの名前を列挙していった。

数時間後、アガサは伸びをしてあくびし、いい仕事をしたという満足感に浸っていた。書き上げたものを訂正してプリンターで印刷すると、ミルセスターまで車を飛ばし、フリーモント兄弟宛の書類を受付デスクに預けた。

ミルセスターの中心部を通りかかったとき、ちょうどビル・ウォンが警察署から出てくるのを見かけた。車を停めて、彼を呼び止めた。ビルは近づいてきた。

「どういう状況になっているの？」彼女はたずねた。

「駐車したら、一杯やりに行きましょう。多少知っていることを話しますよ」

アガサは車を停めると、ビルといっしょに〈ジョージ〉に行った。大聖堂の近くにある陰気なパブだ。

「殺人でしたよ」席につくと、ビルは言った。「後頭部を殴られたんです」

「それから泉に仰向けに放りこんだの？」

「ええ。ただ、別の場所で殺されてから、泉に運ばれて捨てられた可能性もなくはないですね」

「とても力があるか、複数犯にちがいないわ」

「たしかに」

「で、これはミネラルウォーターのビジネスに関係があると思う？」

「まちがいなくそう思えますね。ミスター・ストラザーズはやもめでした。一人暮らしだったんです。息子がいますが、息子は事件の夜はブライトンにいたことが確認できた。遺産もさほどありませんでした。ともあれ、息子はコンピューター業界で一流の仕事についているし、金に困っていなかった」

「教区会の他のメンバーたちはどうなの？　たとえばミス・オーエンは？」

「彼女は非常に威圧的な人間で、長身でやせていて、なめし革みたいに日に焼けています。不運な人たちへの同情からではなく、ちゃんとした婦人がする仕事だからという理由で、慈善の仕事をするタイプですよ。資産を持っていて裕福です。一族の信託財産みたいですね」

「彼女は集会で抗議演説をすることになっているの。村人たちの考えに影響を与えるほどの力がある人なのかしら？」

「ええ、そう思います」

「そうなの。他のメンバーはどう？」

「ミネラルウォーター会社に反対の連中から説明しますね。ミスター・ビル・アレン。彼はアンクーム・ガーデンセンターを経営しています。非常に階級意識が強くて、父親が農場労働者だったせいで、ちょっと劣等感を抱いているようです。ですからミスター・アレンは保守主義だと思えるものすべてを支持している。絞首刑の復活、キツネの駆除、徴兵制度の復活といったものです」

「だったら、このミネラルウォーター会社に賛成しそうなものだけど。資本主義のルールでしょ？」

「ミス・オーエンがフリーモント兄弟は紳士ではないとほのめかしたせいだと思いますよ。彼についてはこのくらいかな。もう一人の反対派はミスター・アンディ・スティッグスで、引退した商店経営者です。七十一歳で、かくしゃくとしています」

「もしかしたら、泉の水には体にいい成分が含まれているのかもしれないわね」

「たぶん。彼は村を愛しており、水を運ぶために侵入してくるトラックに田舎の生活が破壊されると考えています。ブロードウェイの外側に出店を計画したスーパーマーケットのことを覚えていますか？　スティッグスはそれに反対して陳情運動をしたこともあります」

「じゃあ、賛成派の連中はどうなの？」

「まずミセス・ジェーン・カトラー。彼女は裕福な未亡人で六十五歳。でも、まったくそんな年には見えませんね。三度目のフェイスリフトを受けたと、もっぱらの評判です。ブロンドでスタイル抜群。村ではあまり人気がないですが、ぼくは魅力的だと思うな。村は観光業にもっと力を入れられるはずだし、アンクーム・ミネラルウォーター社は村を宣伝してくれ、観光客を呼びよせるという意見です。それからアンジェラ・バックリーがいます。大柄ながっちりした四十八歳の女性ですが、いまだに娘と呼ばれています。未婚。声が大きくて赤ら顔、人はいいけれど、〝田舎者には何がいちばんいいか、あたしにはわかっているんだ〟という上から目線で村人たちにいばり散らして、みんなをいらいらさせています。最後にフレッド・ショー。電機店をやっています。六十歳の横柄で攻撃的な態度の男で、年の割にエネルギッシュですね」

「あらまあ。反対派の方が賛成派よりも好ましい人たちみたい」

「フリーモント兄弟についてはどう思いましたか？」

「ピーター・フリーモントはありふれた都会のビジネスマンに思えたわ。ガイ・フリーモントは魅力的よ。二人はどこの出身なのかしら？」

「香港で貿易会社を経営していて、ご多分にもれず中国返還前に逃げだしたんです。どう思います、アガサ？　宣伝のために人を殺しかねない連中ですか？」

「まさか。これは絶対に村のいざこざによる事件だし、水とも無関係かもしれないわ。村は都会とちがって無垢な場所だと思われているけど、実情は知っているでしょ、ビル。ひと皮めくればたくさんのおぞましい情熱や嫉妬が渦巻いているのよ。これはあの泉とはまったく関係ないっていう気がするわ」

アガサとビルが〈ジョージ〉から出てきたとき、ジェームズ・レイシーがちょうど車で通りかかった。二人に声をかけ、殺人事件について話し合いたくてたまらなかったが、あんな態度をアガサにとったあとでは、温かく迎えてもらえそうにないとあきらめるしかなかった。

アガサに甘い顔を見せると人生を牛耳られてしまうからな、と心の中で苦々しく弁解した。そのまま車を走らせたが、孤独でのけ者にされた気分だった。もっとも、悪いのは自分だと、嫌というほどわかっていた。

二週間後、警察の殺人捜査にはまったく進展がないまま、メアリー・オーエンの抗議集会が村の公会堂で開かれることになった。アガサは自分とガイ・フリーモントが壇上に席をとり、会社の見解を発表できるように手を回しておいた。

アガサはミルセスターの会社をたびたび訪ね、ミネラルウォーターの宣伝の概要を説明したが、毎回、彼女に応対したのはピーターだった。もう二度とガイとは会うことがないかもしれないと思いかけていたが、最後に訪ねたときに、いっしょに参列できるように村の集会の前にガイに家まで迎えに行かせると、ピーターから伝えられた。

「ほら、落ち着くのよ」アガサは自分に厳しく言い聞かせた。「少なくとも二十歳は年下なんだから」

セクシーに見せるか、ビジネスライクに見せるかで、さんざん迷い続けた。とうとう集会当日の夜に常識が勝ちを収め、ビジネスライクな装いをすることにした。スマートなかっちりした仕立てのスーツにしたが、それにエナメルの黒いハイヒールとストライプのブラウスをあわせた。つやつやになるまで髪の毛をブラッシングし、キスされてもはげないと保証つきのディオールの口紅をふくよかな唇に塗った。

ガイが到着する予定時刻のゆうに三十分前には身支度が調っていた。香水！　すっかり忘れていた。あわてて二階に駆け上がり、化粧台に並んだボトルを眺めた。リヴ・ゴーシュ？　誰も彼もがつけているわ。とりわけ最近イヴシャムに格安ショップができてからは。シャンパーニュ？　ちょっと浮ついている？　シャネルNo.５？　ええ、これなら大丈夫。堅実だわ。

彼女は階下に戻り、リビングをチェックした。薪がさかんに燃えていて、コーヒーテーブルには雑誌が置かれ、壁際のワゴンには酒瓶が並んでいる。氷は？　しまった、氷を忘れていた。集会に行く前に一杯やる時間はないだろうが、もしかしたら、本当にもしかしたら一杯やりに戻ってくるかもしれない。キッチンに行き、アイストレイに水を張ると冷凍庫に入れた。

そのとき、額に吹き出物ができかけているのを感じた。ただの想像よと自分に言い聞かせながら、二階に駆け上がった。鏡をのぞいても額には何もないように見えたが、念のため塗り薬をつけた。分厚いファンデーションと粉の上に、塗り薬の白い輪ができてしまい、罵《ののし》りながらせかせかと化粧を直した。

ドアベルが鳴ったときには、暑くて、すでにへとへとだった。戸口に立ったガイ・フリーモントは艶やかな黒髪に一分の隙もない着こなしで、まばゆい微笑を浮かべていた。アガサの方は最初のデートに出かけるティーンエイジャーのようにみじめな気分だった。

村の公会堂は人で埋め尽くされていた。マスコミが大挙して押し寄せ、地元新聞ばかりか、ミッドランズ・テレビや全国紙まで来ている。殺人事件のせいで一躍、アンクームは注目の場所になったのだ。

ミス・メアリー・オーエンは立ち上がって聴衆に語りかけた。甲高い声で権柄尽《けんぺいづ》くにしゃべり、態度も威圧的だった。古いプリント柄の服を着ていたが、見事なパールのネックレースをつけていた。

彼女はこう切りだした。「わたしはずっと水を売ることに反対してきました。それはコッツウォルズの美点のひとつを汚す不名誉な行為に他ならないからです。水は当然の権利としてアンクームの村人のものである。新参者のせいで、われわれの村の生活がいかに堕落しつつあるかは、みなさんも聞いたことがあるはずです」アガサはもじもじした。「水は村人の許可なしに売ることができるとは思えません。ここでただちに評決をとることを提案する」

ああ、どうしよう、とアガサは思った。わたしが話をする前に評決をとられては困る。アガサが立ち上がろうとしたとき、聴衆のある女性が立ち上がった。「わたしの水なんです」彼女は言った。

「ここに上がってきて、あなたの意見を話してください」アガサは邪魔が入ったことにほっとしながら言った。

女性は手を借りて壇上に上がった。ミス・オーエンは嫌味な視線を投げつけたものの、マイクは渡した。「お名前は？」アガサはその女性にあう高さにマイクを下げながらたずねた。

「ミセス・トインビーと申します。泉はわたしの庭にあるんです」

ミセス・トインビーは小柄でふわっとした雰囲気の女性で、太ってはいないがマシュマロのような感じがした。銀色の巻き毛が頭を光輪のように取り巻き、ロマンス小説家がハート形と形容する顔をしていた。大きな薄いブルーの瞳に淡い色の睫毛。やわらかそうな体は、シルバーのスパンコールをちりばめた白いパーティー用のニットと、花模様のロングスカートに包まれていた。アガサは四十代だろうと見当をつけたが、しゃべりだすと、舌足らずな少女っぽい声だった。

「みなさんがご存じのように、わたしはミセス・ロビーナ・トインビーです。夫のアーサーが亡くなってから、つらい日々を過ごしてきました」彼女は言葉を切り、小さなレースの縁取りのついたハンカチーフで目頭を押さえた。クリネックスの愛用者であるアガサは、いまだにレースのハンカチーフが売られていることに仰天した。「水の売却権はわたしのものです」ロビーナ・トインビーは続けた。

「でも、実際の泉はお宅の庭の外よ！」メアリー・オーエンがぱっと立ち上がって叫んだ。

ロビーナ・トインビーはつらそうな目を向けると、首をそっと振った。「そのことが問題なら、わたしは泉をせき止める権利があります。そうすれば、ミネラルウォーター会社はわたしの庭から直接水を汲めます」

「それは困るな」アガサの耳にガイがささやいた。「われわれはラベルにあの髑髏が必要なんだ」

アガサは前へ進みでた。「ひとこと言わせてください」彼女はロビーナ・トインビーをマイクから遠ざけた。

「たぶん、わたしから事情をご説明できると思います」アガサは言った。公会堂の隅に腕を組んで立っているジェームズが目に入った。ジェームズ・レイシーへの思いを振り払おうとするかのように、アガサは小さく頭を振った。頭の中で改めて事実と数字を整理すると、聴衆の心を仕留めるための演説をぶちはじめた。

「わが社はミセス・トインビーに水の料金を支払う予定です、たしかに。しかし、教区会にも毎年、気前のいい金額を支払う予定です。もしそれが受け入れられれば、新しい公会堂の建設費用になるでしょう。おっしゃるとおり、宣伝によって観光客が村にやって来るでしょう。でも観光客は村の商店の売り上げに貢献します。しかも毎日朝の七時から翌朝まで、つまり夜明けにトラックがやってくる時間帯以外はこれまでどおり泉は村人のものなのです」

ビル・ウォンは座席に寄りかかり、賞賛の笑みを浮かべた。アガサ・レーズンらしさが復活したのを目にしてうれしかった。ジェームズと破局してから、彼女のことをずっと心配していたのだ。

「ちょっと待て」アンディ・スティッグスが叫んだ。「あんたを知っとるぞ、ミセス・レーズン。あんたも新入りの一人だろ、村の魅力をぶち壊しにしている人間の一人なんだ」

「新入りがいなかったら、村の魅力はなくなるでしょうね」アガサは言い返した。「村の南端にあるコテージ群、あれはどうでしょうか？ あのコテージ群は荒れ果てたまま、長いあいだ放置されていました。そこへ進取の気性に富んだ建設会社が現れ、きれいに修復した。そしてそれらを購入したのは誰か？ 新入りたちです。庭を再び美しく甦らせたのは誰か？ 新入りたちです」

「地元の人間にはあれだけの金を支払えないからだよ」アンディがゼイゼイあえぎながら言った。

「つまり、あなたやミス・オーエンやミスター・ビル・アレンみたいに、みんながお金に困っているっておっしゃりたいんですか？」

アガサが聴衆にウィンクすると、楽しげな笑いがわきあがった。

「わたしから意見を述べさせてほしい」ガーデンセンター経営者のビル・アレンが立ち上がって、マイクの前に立った。彼は乗馬服に膝丈のズボン、くすんだ緑色のソックスに穴飾りの靴といういでたちだった。偽インテリってものがあるとしたら、まさにそれね、とアガサは思って、彼のきどった母音の発音に耳を傾けた。

彼は書類を読みはじめた。まもなく彼がスピーチ原稿を書いてきたことがその場の全員にわかった。会場に白けた雰囲気が広がった。アガサは髪の毛をかきむしりたくなった。会合はハイテンションで終わらせたかった。だけど、どうやって彼を止めたらいいの？

紙片にあることを走り書きすると、ビル・アレンに渡した。彼はそれをちらっと見るや、真っ赤になり、いきなり壇を降りていった。

そそくさとアガサは彼に代わってマイクの前に立った。「もうひとつ申し上げたかったのは、新しいミネラルウォーターを売りだすにあたって、このアンクームですばらしいお祭りを開くつもりでいることです。昔ながらの楽しい村祭りです。ええ、映画スターなどの有名人にも列席してもらう予定です。でも、みなさんにはいつもの屋台、手作りジャム、ケーキ、子どもたちのゲームといったものを用意していただきたいのです。最高の村祭りになるでしょう。もちろんテレビ局も来るでしょうから、世界じゅうにアンクームがどんな場所かを自慢する機会になります。そうじゃありませんか？」

アガサが笑顔でぐるっと聴衆を見回すと、割れんばかりの拍手が返ってきた。

投票が行われると、村人たちは圧倒的多数でミネラルウォーター会社に賛成した。村人の多くはアンディ・スティッグスが心から軽蔑していた新入りグループに属していたのだ。

アガサはミネラルウォーター会社に賛成の委員たちと温かい握手を交わした――ミセス・ジェーン・カトラー、ミスター・フレッド・ショー、ミス・アンジェラ・バックリー。たくましいアンジェラ・バックリーにおめでとうと背中をバシンとたたかれ、アガサはあわや壇上から落ちそうになった。

「任務完了」ガイがアガサの耳もとでささやいた。「ここから逃げだしましょう」

公会堂の外に出るとガイはアガサを抱きしめた。「あなたはすばらしかった」そう言いながら、アガサの唇にキスをした。アガサは身を引いて、彼を見上げた。信じられないほどハンサムだ。彼にキスされて、まちがいなくときめきを感じた。でも悲しげな小さなため息がもれた。ツバメを囲うという考えはどうにも好きになれない。優雅に年老いていった方がましだ。

「あの退屈なじいさんを壇上から追っ払うために、何と書いたんですか？」ガイがたずねた。

「ズボンのジッパーが開いていますよって」

「お見事。一杯やりましょう」

ふいにアガサは彼を家に連れていくのが億劫《おっくう》になった。「わたしの地元の店に行きましょう」彼女は提案した。

〈レッド・ライオン〉は混んでいた。アガサが最初に見つけたのはジェームズ・レイシーだった。バーの前に立っている。アガサは彼のひょろっとした長身の姿、白いものが交じる黒い髪、ハンサムな顔を見て、胃の奥がひきつるのを感じた。バーからかなり離れた窓際のテーブルで、カップルがちょうど席を立ったところだった。「あそこにすわりましょう」アガサは急いで言った。

「何かごちそうしますよ」ガイは言った。「何がいいかな？　そうだ。シャンパンがあるか訊いてこよう」

アガサはジントニックでけっこうよ、と止めようとしたが、ジェームズがこちらを見ていることに気づき、ガイを見上げて微笑みかけた。「まあ、すてき！」

　ガイがテーブルに戻ってきてまもなく、店主のジョン・フレッチャーがワインクーラーに入れたボトルを運んできた。コルクがポンと音を立てて抜けると、おめでたい気分が盛り上がった。数人の地元の人間がテーブルのかたわらで足を止めて、村の公会堂でのアガサのスピーチをほめたが、ジェームズはミセス・ダリの相手をしていて、こちらに来ようとはしなかった。

　まさかあの青年に興味があるはずがない、とジェームズは不機嫌に考えていた。あんなふうに若い男とシャンパンを飲み、媚びを売っているなんて、自分を笑いものにしているも同然だ。自分の年を思いだすべきだ！　ジェームズは殺人事件についてアガサと話したくてたまらなかったが、自分自身が作りだしてしまった冷たい関係をどうやって修復したらいいのかわからずにいた。

　ジェームズはできるだけ礼儀正しくミセス・ダリの相手を務めてから、いきなりパブを出ていった。

　一時間後、アガサのコテージの前で車の停まる音が聞こえた。ジェームズはアガサのコテージが見える二階の踊り場にある小さな窓まで走っていった。アガサが車のドアを開けた。ガイ・フリーモントはハンドルを握っている。アガサがドアを開けたときに室内灯がついたせいで、ガイがはっきりと見えた。ガイは片手をアガサの腕にかけ、何か言った。アガサが微笑み、何か答えるのが見えた。それからアガサはコテージに入っていき、ガイは走り去った。せめてもの救いは、ガイがアガサといっしょに家に入ってはいかなかったことだった。

翌日は、アガサが電話をかけてきて殺人事件をいっしょに調べようと言ってくれるのではないかと、ジェームズはずっと待っていた。だが誰からも電話はなかった。外出して、すべての新聞を買った。地元紙は集会をニュースネタにし、〈コッツウォルズ・ジャーナル〉の一面にはアガサの写真まで掲載されていたが、全国紙は数行割いているだけだった。

ジェームズは落ち着かない気分になり、退屈してきた。そこで、一人で殺人事件を調べてみようと決心した。

警察に何度か電話をしてやっとビル・ウォンをつかまえると、その晩は非番だとわかったので、夕食をごちそうしようと提案した。ビルは承知した。愛するシャロンに髪を洗うから今夜は会えない、と断られたところだったのだ。

ジェームズは最近オープンした中華料理店を指定した。そのレストランは静かで料理もおいしかった。

「今回の殺人事件に興味しんしんなんだ」ジェームズは切りだした。「犯人の目星はついてるかい？」

「今は背景を洗って、動機を探っているところです。あの死体が泉に捨てられるところを誰かが目撃しているか、車の音を聞いたんじゃないかと予想していたんですが、今のところ誰も見つかりません。あなたが事件に興味を持つなんて、おもしろいですね。まるで以前のようだ。ただしアガサといっしょじゃないようですが」

「彼女は新しい仕事に忙殺されているんじゃないかな」ジェームズはそっけなく言った。

「彼女がそう言ったんですか？」

「知らないよ。話をしていないから」

「どうして？」

「アガサのことは話したくないんだ。ところで、教区会の委員の一人が犯人の可能性はあるかな？」

「全員がとてもちゃんとした人間なんです」ビルは残念そうに言った。「それでも、わかりませんね。誰かの過去を探りはじめると、とんでもないことが判明して驚きますよ。すべて極秘なので、これまでにわかったこともお教えできませんが。何か知りたければ、ご自分で調べてみてください。ただし警察の邪魔をしないという条件付きですけど」

「あのミネラルウォーター会社は信用していないんだ。あの若いやつ、ガイ・フリーモントは気に入らない」

ビルは目尻に皺を寄せてにっこりした。「ええ、そうでしょうとも」

「ふざけないでくれ。嫉妬しているんじゃないよ」

「そういうことにしておきましょう」

「それで彼らは何者なんだ？　フリーモント兄弟はどこの出身なんだね？」

「香港で貿易会社を経営していたらしいですね」

「ほう、そうなのか？　ドラッグがらみかな？」

「いいえ、衣類です。安い衣類を輸出し、もっと高価な衣類を富裕層のために輸入する」

「絶対に怪しい会社を経営していたにちがいない」

「本当に嫉妬していないんですか？　これまでのところ、後ろ暗いところは何も見つかっていませんよ。香港で富を築いたんです、すべて合法的に。そして中国返還の直前にイギリスに戻ってきた。でも、調査はまだ継続中です」

「どうして水なんだ？　どうしてアンクームなんだ？」

「ミスター・ピーター・フリーモントによると、コッツウォルズで週末を過ごしていて、たまたま泉を見つけ、ミネラルウォーター会社を設立したら儲かるかもしれないと思いついたそうです」

「それで、計画を阻止しようとした人間を抹殺したのかな？」

「そんなことをしても効果的な宣伝にはならないでしょう」

「どの新聞にもアンクーム・ミネラルウォーターという名前が出ていたぞ」

「じゃあ、宣伝になったんだ。しかし、ぼくが言ったように、効果的とは言えませんよ。水を買った人全員が、頭を水盤に突っ込んでいる状態で発見された死体のことを思いだすでしょう。それに、血が渦を巻いて流れていくのが月の光で見えた、という毒々しいアガサの談話が新聞に掲載されましたし。兄弟のことは除外していいと思います。アガサに訊いてみたらどうですか？　彼女は二人についてよく知っているはずだ」

「言っただろう。人生で初めて、アガサは殺人事件に興味を持てないほど忙しいんだよ」

ビルとジェームズが食事をしているあいだ、アガサはガイ・フリーモントと楽しいディナーをとっていた。ガイはアガサのことをあれこれたずね、彼女のPR業界での能力をほめちぎり、あなたみたいな「都会の娘」がコッツウォルズに埋もれて何をしているのかと質問した。

「ときどき自分でも不思議に思うわ」アガサは悔しそうに言った。「でも、安全な生活にも眠たげな生活にも慣れるものなのよ。それにここは今の時期、とても美しいでしょ。どこを見てもきれいだわ。ブロードウェイ村の紫色のウィステリアは見た？本当に見事な花が咲くのよ。もっとよく見ようとして、みんながブレーキを踏むのに、事故が起きないのが奇跡ね」

「だけど、刺激的なロンドンが恋しくないのかい？」

「ロンドンは急速に変化してしまった。このあいだロンドンに出たとき、ジョージ・ストリートのレストランで食事をしてから、トッテナム・コート・ロードを歩いてセントラル・ラインの地下鉄に乗ろうとしたの。道沿いに物乞いや薬物依存症者がごろごろしていて、家の戸口にはボロをまとった人たちがうずくまっていた。おまけにノッティング・ヒル・ゲートでパディントン行きのサークル・ラインに乗り換えたとき、べろんべろんに酔っ払った男が次の列車に飛びこもうとしたの。大きながっちりした男があわやのところでその男を引き戻し、エスカレーターを上って改札の駅員のところに連れていこうとした。エスカレーターを上がったところで、その自殺未遂者は男の手を振り払い回転式改札口を飛び越えて、夜の闇に姿を消したわ。彼を救った男は駅員に訴えていた。『あの男はたった今、電車に飛びこもうとしたんだ！』駅員は肩をすくめ、またかという顔をしただけ。そのことで何もしようとはしなかったの。こっちに戻ってきてほっとしたわ。もうロンドンには住めない。あそこは孤独な場所よ」

ガイはアガサの手をとると、やさしく握りしめた。「あなたの人生でのロマンスは？」

「話したいようなことはひとつもないわ」アガサが答えると、ガイの親指が彼女の手の平をなではじめた。アガサは動揺しながら、こんなことさせていてはいけないわ、と考えた。年上すぎるもの。妊娠線はないけれど、脇腹には贅肉《ぜいにく》がついているし、おっぱいだって以前みたいに上向きじゃない。

ガイはアガサを家まで送ってくるとコテージの外に車を停め、体を寄せて心のこもったキスを唇にした。アガサはまばたきしながら彼を見上げた。頭がくらくらして体が震えていた。「二、三日、ロンドンに行くつもりなんだ」ガイはやさしく言った。「戻ってきたら電話します。あなたはずっと働きづめだ。ちょっと休みをとってリラックスしたらどうかな？」

「そうするわ」かすれた声でアガサは答えた。

コテージに入ったときは、膝に力が入らなかった。

滑稽よ、と自分を叱りつけ、廊下の鏡をのぞいて口の周囲や首筋の皺を見た。

そのとき電話が鳴り、飛び上がりそうになった。ビル・ウォンからだった。「出かけていたんですか？」ビルはたずねた。

「ええ、ビル。ガイ・フリーモントとディナーをとっていたの。殺人犯はまだつかまえていないの？」

「まだです。ぼくはジェームズ・レイシーと食事をしていたんです」

アガサは黙りこんだ。「それで？」

「素人探偵にまた乗りだそうとしているみたいですよ」

「わたしがいなければ、たいして調べられないでしょうね」

「あなたは忙しくて興味がないと思っているようです」

「そのとおりよ。殺人にも彼にもね」

「ところで、何か噂を聞いたら、ぼくに教えてください、アガサ。捜査が行き詰まっているんです」

アガサはビルのガールフレンドや両親についてたずね、さらに少し言葉を交わすと電話を切った。

アガサは数日の休みをもらっていた。ジェームズが何か見つけだして、手柄を独り占めしてしまったら、と思うと居ても立ってもいられなくなった。朝になったら教区委員の誰かを訪ねてみてもいいだろう。何か見つけられないかちょっと試してみよう。

3

アガサはミネラルウォーター会社に友好的なメンバーから訪ねることにした。その方が、噂話を聞きだしやすそうだ。電話帳でミセス・ジェーン・カトラーを調べて住所を書き留めた。まず電話をしようかと迷ったが、いきなり訪ねた方が作戦としてはいいだろうと思い直した。

ミセス・カトラーはアンクームのウィステリア・コテージに住んでいた。教会の近くだ。行ってみると、ウィステリア・コテージはウィステリアも生えていないし、コテージでもなく、ペアガラスの窓にひだカーテンがかけられた現代的な平屋建ての家だった。芝生は真四角に緑の草が植えられ、その周囲にはきっちり十センチずつ間隔を測ったかのように整然と花々が植えられている。

ミセス・カトラーは六十五歳には見えないと聞いていたが、ドアを開けた女性に本人だと言われて、改めてアガサはその外見に驚かされた。

お金をかけたブロンドの髪、なめらかな肌、スタイルも抜群だった。ただし目は老獪《ろうかい》で用心深く、手首と足首には老いの兆しが現れていた。いくら腕のいい美容整形外科医でも、目を若々しく見せる術はまだ会得していないのだろう。彼女のあとについて家の中に入りながら、とてもお金持ちにちがいないわ、とアガサは思った。こんな外見を保つには莫大なお金がかかるはずだもの。

ミセス・カトラーは体にまつわりつく金茶色のウールジャージーのドレスを着て、鮮やかな色のエルメスのスカーフを首に巻いていた。

「お会いできて、とてもうれしいわ、ミセス・レーズン。たかが水のことで、こんな馬鹿馬鹿しい騒ぎを起こすなんて！　ちょっとコーヒーを用意してきますね。すぐに戻るわ」

アガサはリビングを見回した。田舎の領主館を模して装飾されていた。壁には狩りの版画、ソファはチンツ張り、高価な暖炉ではガスの炎が偽の薪のあいだでゆらめいている。〈カントリー・ライフ〉と〈ザ・レディ〉がコーヒーテーブルに置かれ、敷きつめられたパイルカーペットの上に、真新しいオリエンタルラグが広げられていた。

まもなくジェーン・カトラーがコーヒーとビスケットをのせたトレイを手に戻ってきた。この外見を保つのに費やしたお金で本物の領主館を買えただろうに、とアガサはちょっと意地悪く考えた。コーヒーが出されると、アガサは切りだした。「教区会のメンバーがミネラルウォーター会社に反対する理由がわからないんです。どうでもいいことを騒ぎ立てているでしょ」

「ああ、村の人間のことはご存じでしょ。とても心が狭いんですよ。わたしは常に広い視野を持つようにしてきました。で、その広い視野から、このミネラルウォーター会社のビジネスは教区にとってとても有益だと判断したんです。あなたが会社のPRをしている理由も理解できますわ。あなたみたいな方たちは、いくつになってもお金を稼がなくてはならないんでしょうね」

「わたしは――」アガサはカッとなって言いかけた。

「どうぞビスケットを召し上がって。分別のあるあなたは、もちろん馬鹿げたダイエットなんてしてないわよね」

これであんたが嫌われている理由がわかったわよ、とアガサは心の中で毒づいた。スカートのウエストが急にきつくなるのを感じたので、一瞬にして気持ち的にも肉体的にも太ることがあるのだろうか、といぶかった。

「このぞっとする殺人は」とアガサは侮辱されたことを無視して本題を持ちだした。「水の件での争いに関係しているんじゃないかと思うの。だって、ミスター・ストラザーズみたいないい方を殺したがる人なんているかしら?」

陽気な笑い。「あらあらミセス・レーズンったら、ミスター・ストラザーズがいい人間だって、誰から吹きこまれたのかしら?」

「つまり」とアガサはしどろもどろになった。「殺されるほど悪いところはなかったにちがいない、っていう意味よ」

「そうねえ。わたしならそう言わないけど……」

アガサは辛抱強く待った。ミセス・カトラーなら誰かの悪口を言うのを躊躇《ちゅうちょ》しないとにらんだのだ。

「あのね、ミスター・ストラザーズは放牧場を所有していて、それがアンジェラ・バックリーのお父さまの土地と接しているの。アンジェラはご存じかしら? 大柄な怪物みたいな女。大きくて力強い手をしているわ。で、バックリー家はその放牧場を買いとりたがった。まちがいなく、土地亡者はお酒やドラッグや」――そこでアガサのスタイルをちらっと値踏みした――「チョコレート依存症よりもたちが悪いわ。最後の教区会の会合ではひどいけんかになったけど、水の件じゃなかった。ミスター・ストラザーズはあの放牧場をまったく使っていないから、土地のむだだし、売らないのはたんに仕返しのためだと、アンジェラが言いだしたからなの。ミスター・ストラザーズは、あんたが一度も結婚していないのも当然だ、むさ苦しい女だからね、パーシー・カトラーが結婚直前であんたを捨てたのも不思議じゃないよ、と言い返した。そうしたらアンジェラは彼の顔をひっぱたいたのよ！　あきれちゃうわね、みんなで彼女を引き離さなくてはならなかったわ！」

「カトラーって」アガサは考えこみながら言った。「パーシー・カトラー？　あなたの息子さん？」

「いいえ。わたしの亡くなった主人よ」

「だけど――」

「ああ、たしかに年の差はあったわ。それは認めるけど、本物の愛があれば、それが問題になる？　かわいそうなパーシーが癌で亡くなったとき、あのあばずれのアンジェラったら、癌にかかっていることを知っていて、お金を手に入れるためだけに結婚したんだって、わたしに噛みついたのよ」

「ひどいわね」アガサは弱々しく相槌を打った。

「パーシーの前に結婚していたチャールズはとても裕福だったから、わたしはお金のために再婚する必要なんてなかった、と言い返したけど」

「あなたにはこれまで何人のご主人がいたの？」思わずアガサはたずねた。

「三人だけよ」

「それで、最初の二人はどうして亡くなったの？」

「やっぱり癌よ。とても悲しかった。夫たちのことは献身的に看病したわ」

お金を掘り当てる新たな方法かもしれない、とアガサは思った。癌にかかって、長く生きられないとわかっている金持ちの男性と結婚するのだ。

「じゃあ、アンジェラかその父親がミスター・ストラザーズを殺したと考えているのね。でもどうして？　それでどうしてその土地が手に入るの？」

「息子と父親が反目していたからよ。息子のジェフリーは土地を売るように父親にうるさく言っていたの。これで土地はアンジェラたちのものになるでしょうね」

アガサがその事実を嚙みしめているあいだ、沈黙が広がった。「他に老ストラザーズを恨んでいる人はいた？」

「そうねえ、アンディ・スティッグスのことは誰でも知ってるでしょ」

「わたしは知らないわ」アガサは身をのりだした。

「そうよね、あなたはよそから移ってきた人だから……どこから？　バーミンガムかしらね、たぶん？」

アガサは怒りに頰を染めた。バーミンガムのスラムで生まれ育ち、その過去を永遠に葬り去るために服装やアクセントに精一杯の努力をしてきたのだ。

「ロンドンよ」彼女はぴしゃりと言った。

「本当に？　絶対にバーミンガム訛りがあると思ったけど。それはともかく、はるか昔に故ミセス・ストラザーズはアンクーム一の美女と謳われていたの。わたしにはとうとう理解できなかったけど。だって大声で笑う品のない赤ら顔の女性だったんですもの。街道沿いのパブのバースツールにすわっているのをよく見かけるでしょ。スカートをたくしあげ、グラスから傘が突きでているような飲み物をすすっていないときは、けたたましく笑っている女性。アンディ・スティッグスは彼女に惚れこんでいたから、ロバート・ストラザーズが彼女を誘惑して奪ったんだと恨んでいたのよ」

「それで、ミスター・ストラザーズがどちらに投票するか誰も知らなかったの？」

「ああ、どうでもいいんじゃない？　もっともらしくうなずきながら『そのときになったら心を決めますよ』って言っているばかりで、もうみんなうんざりだったわ。申し訳ないけど、そろそろ着替えなくちゃならないのよ。紳士が訪ねてくることになっているから」

今聞いた逸話にあぜんとしながら、アガサは外に出た。車に乗りこみ走りだそうとしたとき、ふいにその紳士の訪問者は誰だろうという好奇心が頭をもたげた。道の突き当たりまで移動すると、ライラックの木の下に駐車した。そこからならジェーン・カトラーの玄関がよく見えた。

さんざん待ち、四十五分ぐらいして、アガサを追い払うために訪問者が来るという話をでっちあげたにちがいないと思いかけたとき、見慣れた車が家の外に停まり、見慣れた姿が降りてくるのが見えた。ジェームズ・レイシーだ！　じゃあ、彼も調査を始めたんだわ！

アガサは怒りにまかせてぎゅっとハンドルをつかんだ。

アガサは村の通りを走っていき、新聞店で車を停めると、バックリー農場への行き方をたずねた。

アガサは農場が怖かった。名前も知らない家畜とか嚙みつく犬だらけだと思っていたからだ。バックリー農場の屋敷は領主館みたいな四階建てのジョージ王朝様式の建物で、よく手入れされていた。

ドアは開いたままになっていた。中から声が聞こえてくる。

「こんにちは！」アガサは叫んだ。

声が止み、椅子を後ろに押しやる音に続いてブーツの足音がした。

アンジェラ・バックリーが現れた。「われらのヒロインだよ」彼女は叫んだ。「どうぞ入って」

アガサは彼女のあとから石敷きのキッチンに入っていった。三人の男がテーブルを囲んでお茶を飲んでいるところだった。「父だよ」アンジェラが言って、白髪交じりの男に顎をしゃくった。「で、あっちがジョーとベン。うちで働いているんだ。すわって、コーヒーを飲んでいって。この人たちは仕事に戻るところだから」

農場主は椅子の背から帽子をとりあげて、かぶった。「このあいだ、あんたを見たよ、ミセス・レーズン。演説していただろ」

二人の農場労働者を連れて彼は出ていった。

「さっきジェーン・カトラーと会ってきたところよ」アガサは言った。

「ああ、あの小憎らしい女ね。どうして彼女に会ってきたんだい？」

アガサは単刀直入に言うことにした。「殺人事件について手がかりを探りだしたいと思っているの」

「あんたとどういう関係があるんだい？　警察の仕事だろ」

「だけど、わたしはミネラルウォーター会社のPRの仕事をしているのよ。会社側としては、できるだけ早くこの殺人事件を解決したがっているの」

「それであの化粧品を塗りたくったババアはどう言っていた？」

「あなたが犯人だというようなことを言ってたわ」

「あの女の毒舌ときたら際限がないね。何度もフェイスリフトをして、顔がすっかり突っ張ったものだから、口を開くとろくでもないせりふが飛びだしてくるんだ。どうしてあたしがストラザーズじいさんを殺さなくちゃならないんだよ？」

「放牧場のせいよ」

「ああ、あのこと。あたしたちのあいだでは、ちょっとした冗談になっていてね。彼はいつも『わしが死ぬまで待つしかないね』って言ってた。まったく、あきれちゃう。ひどい話だと思わない？」

「だけど、その言葉に本心が出ていたんじゃない？」

「ときにはね。彼はあの放牧場を必要としていなかった。頑固な変人のじいさんだったんだ。だけど、しょっちゅうここに遊びに来てたし、あたしたちは友だちだったんだ」

「じゃあ、誰がやったのかしら？　彼が賛成か反対に投票するのを阻止するため？　彼がどっちに投票するか知っていた人はいるの？」

「ううん、あのじいさんはあたしたちをじらして楽しんでいたんだよ」

「メアリー・オーエンはどう？　彼女について教えて」

「彼女はずっと教区会の議長をしたがっていたけど、あたしたちが認めなかったんだ。すごく威張ってるからね。メアリーは反対派だったけど、結果として、あたしたちをひとつにまとめていたのかもね。メアリーを嫌いという点ではみな意見が一致していたから」

アガサは亡きパーシー・カトラーの話を持ちだそうかと思案したが、やめておくことにした。ジェームズに対する胸の痛みのせいで、別の女性の気持ちにいつになく思いやり深くなっていた。

「あたしたち教区委員はしじゅう、いろんなことでやりあってるんだ」アンジェラは言った。「だけど、しばらくすると忘れてしまう」彼女はアガサを見た。日に焼けて荒れた丸い顔がふいに厳しくなった。「素人探偵ごっこはやめときな。こやしをかき回しているだけだよ……しかも、あんたも傷つくかもしれない」

「それは警告なの？」アガサはハンドバッグを手にとりながらたずねた。

「うん、そうだね。友人としての警告だ」

アガサはさよならと言うと、農場の車を停めたところに戻った。走り去りながら、バックミラーをのぞいた。アンジェラは両手を腰にあてがって立ち、去っていくアガサを見つめていた。その顔はぞっとするほどすごみがあった。

アガサは家に帰ると、ビル・ウォンに電話して、ジェーン・カトラーとアンジェラの会話を報告した。ビルはうめいた。「これをきっかけに、やっかいな内情が明らかになりそうですね。他に何かわかったら連絡ください」

「あら、首を突っ込むなと警告しないの？」

「この事件については、ありったけの助力を必要としているんです」

しばらくしてジェームズ・レイシーもビル・ウォンに電話をかけた。「手始めにカトラーという女性に会ってきたんだ。残念ながら何もつかめなかった。彼女によると、教区会のメンバーは和気藹々《あいあい》としているらしい。たしかに、彼女はとても魅力的だったよ」

「アガサが探りだしたこととちがいますね」ビルは上機嫌で言った。

ちょっと沈黙が流れてから、ジェームズは問いただした。「どういう意味かな？」

ビルはアガサが話してくれたことを繰り返した。

「わたしにはそんなことをひとことも言わなかった」ジェームズがぼやいた。

「たぶん、紳士に対してはマナーを守っているんですよ。ぼくも彼女は魅力的だと思いました。アガサと手を組んだらどうですか？」

「考えてみる」ジェームズはそっけなく答えた。

しかし、ジェームズは考えるのに数日を要し、電話をかけたときにはすでにガイ・フリーモントがアガサをディナーに誘いだしていた。

「悪いけど、今夜は忙しいの、ジェームズ」アガサは受話器を持つ自分の手が震えていることに気づいて、いらだたしさを覚えた。「ディナーの約束が入っているのよ」

「ああ、それなら、午後にちょっとそっちに行ってもいいかな？」

「午後も予定が入っているの」アガサは言った。「ねえ、また電話するわ。じゃあね」

アガサは階段にすわりこんだ。どうして、ああ、どうしてジェームズは、ガイとデートを約束をし、午後にイヴシャムのエステに予約を入れたとたんに電話してきたのかしら？

ジェームズは同年代だった。彼と出かけるなら、急いでエステに飛んでいき顔と首に電極を貼りつけ、皺を消そうとはしなかっただろう。

自分よりずっと若くてハンサムな男性とデートすると、こういう必要が生じてくるのだ。ミネラルウォーター会社の仕事やガイとのデートの予定があったせいか、アガサは殺人事件についてほとんど考えなかったし、あれっきり調査も中断していた。

しかし、ジェームズの電話のせいで、ガイとのデートの輝きはまちがいなくくすみ、イヴシャムに車を走らせているあいだアガサは憂鬱そうだった。

イエローページで選んだエステサロンに続く狭い階段を上りながら、イヴシャムは妙な町ね、とアガサは考えていた。町のいたるところで商店が閉店しており、板が打ちつけられた店の正面には、地元の画家によって昔のイヴシャムの商店の絵が描かれている。これが続けば、じきにイヴシャムは営業している店が一軒もない絵の町になってしまうわ。それでも最新式の美容術をほどこしてくれるらしいエステサロンはあったし、道の先では格安のフランス香水が飛ぶように売れているドラッグストアもあった。本来ならにぎやかな繁栄した町のはずだ。交通量がとても多いし、たくさんの家が建設中だった。しかし、大多数の住人は失業手当を受けていて、そこから抜けだすことには一切関心がないらしい。その証拠に、地元の果物包装工場はウェールズ出身の労働者ばかりだ。地元の人間はその職に見向きもしなかったからだ。

アガサはエステサロンのドアを開けて入っていった。

ローズマリーというエステティシャンはすがすがしいほど母親らしい人で、まったく威圧感を与えなかった。自分を野暮ったいと感じさせるような拒食症気味の女性を想像していたアガサは、ほっと肩の力を抜いた。

だがそれは電極が顔と首に貼りつけられ、スイッチが入れられるまでのことだった。「これがエステだとわかっていてよかった」アガサはつぶやいた。「独裁主義の国で警察にこういう真似をされたら、拷問だと思って、何もかもしゃべってしまいそう」でもアガサはさらに九回の予約を入れた。

ついでに眉を整え、睫毛を染めてもらった。階段を下りてハイ・ストリートに出ると、いくらかでも若く見えるようになったか確認しようと、店のウィンドウに映る自分の姿に目を凝らした。

家にたどり着くまでにやたらに時間がかかった。ころっと忘れていたが、ブロードウェイ村のバイパスが建設中なことと、フィッシュ・ヒルの信号のせいだ。村の古い建物が揺さぶられるほど騒々しい大型トラックをすべて迂回させられるので、バイパスができればブロードウェイ村にとって大きなメリットがあるだろう。それでもフィッシュ・ヒルの木々が新しい道路のために切り倒され、つい最近まで羊たちが平和に草を食《は》んでいた地面が掘り返されているのを目にすると、もの悲しい気持ちになった。

家に帰ると、アガサはじっくり時間をかけて、年下の男性とデートをすることになった中年女性に必要とされる身支度にとりかかった。もっとも、これはただの仕事上のつきあいだ、と何度も自分に言い聞かせてはいたが。

メイクの最後の仕上げをして、襟ぐりの深いウールの赤いドレスではいささか派手すぎるかしらと思いながら鏡の前に立ったときには、後悔の念がわきあがっていた。こんな努力をせずに、ジェームズと事件について話し合い、仲直りして、以前の温かく親密な関係をとり戻すようにすればよかったと。

ガイが迎えに来たとき、アガサは彼に対する関心をすっかり失っていた。

ガイはオックスフォードに車を走らせ、グロスター・グリーンの地下駐車場に停めると、アガサをフレンチレストランに連れていった。そこはメニューだけがおいしそうで、実際の料理はまずい、という見かけ倒しのレストランだということがわかった。メニューの文章だけを楽しんで何も注文しなければ、ダイエットになりそうね、とアガサは思った。

アガサはほうれん草を詰めた鴨の胸肉の温かいルッコラサラダ添えを頼んだ。登場したのは、しおれた野菜が詰められたゴムのような肉片だった。それに、ルッコラはまちがいなく世界じゅうで過大評価されている野菜にちがいない。アガサはルッコラを食べるたびに、雑草みたいな味だと思った。

二人はさまざまなジャーナリストのことや、誰がいい記事を書いてくれそうかについて語り合った。アガサはすでにロンドンでいろいろなジャーナリストとランチをする約束を入れていた。二日後に水を宣伝する新しいカラーパンフレットが準備できるので届けよう、ミルセスターまでわざわざやって来るにはおよばない、とガイは言ってくれた。

二人は非常に高価だがどうってことのないワインを飲んだ。とはいえ、アガサの心を和らげるのに充分なアルコールは入っていた。コーヒーのあとブランデー二杯でしめくくったときには、アガサはこの身だしなみのいいハンサムな青年といっしょにいることがとても楽しくなっていた。

勘定書が来ると、ガイはあちこちのポケットをたたきはじめた。それから申し訳なさそうな少年っぽい笑みを見せた。「しまった、財布を家に置いてきてしまった」

「大丈夫、わたしが払うわ」イギリス男性ってとんでもなく財布のひもが堅いのね、とアガサは改めて思った。

ガイはアガサを家まで送ってくれた。ジェームズは車が近づいてくる音を聞きつけると、コテージの側面の窓に飛びついた。アガサの玄関の照明で黒髪をつやつや輝かせたガイが、アガサから鍵を受けとり、彼女に代わってドアを開けているところだった。ジェームズは息を止めた。ガイはアガサのあとから中に入っていった。ジェームズはずっと待ち続けた。椅子を窓辺に運んでいき、アガサのコテージを見張った。階下の窓から、アガサの小さな四角い前庭に明かりがこぼれだしている。やがてその明かりは消え、今度は玄関ホールの明かりがついてすぐ消え、続いて階段の明かりがついた。そしてアガサの寝室の引かれたカーテンの隙間から、光が庭を照らしだした。

「馬鹿な女だ」とジェームズはつぶやいたが、それでも待ち続けていた。だがアガサの寝室の明かりが消えてもガイが家を去る気配がないとわかると、ジェームズはベッドに入った。

翌朝、アガサははっと目を覚ました。ガイとセックスしてしまったことが信じられなかった。わたしったら、いったいどうしちゃったのかしら？　この年になっても問題なくセックスができることを証明しようとしたの？

アガサは横になったまま、家の静けさに耳を澄ませた。どうか彼がいなくなっていますように！　そこが中年の悲しくなるところだ。すっぴんを見られないうちにバスルームにすっ飛んでいって、手早くメイクをしなくてはならない。だが物音ひとつせず、聞こえるのは、窓の外の大きなライラックの紫色の花を吹き抜ける風の音だけだった。

アガサはあちこちがこわばり、ひりひりする体でベッドから出た。ゆったりとお風呂に浸かると、やっと気分がよくなった。ていねいにメイクをして身支度をすると、ベッドのシーツをはがし、それをキッチンの洗濯機のところに運んでいった。猫たちにえさをやり、日の当たる庭に出してやった。

ドアがノックされた。たぶんジェームズだわ！　だが、やって来たのは牧師の妻のミセス・ブロクスビーだった。

「自家製のマーマレードを持ってきたの。今朝はとても顔色がいいわね」

「ありがとう」アガサは彼女をキッチンに通すと、キッチンの床に置いたままのシーツを入れた洗濯かごを落ち着かない気持ちでちらっと見た。「これを洗濯機に放りこんだら、コーヒーを飲みましょう」

「ねえ、あのミネラルウォーター会社の青年と出かけていたの？」ミセス・ブロクスビーが言った。いくつになっても赤面はするらしく、アガサは頰が火照《ほて》った。洗濯機にかがみこんで洗濯物を放りこみながら、肩越しにたずねた。「どうして知っているの？」

「ミセス・ダリが今朝いちばんに牧師館にやって来て、彼があなたを家に送ったあとでいっしょに家に入っていき、それっきり出てこなかったと報告していったの。こういう村のことはご存じでしょ」

「あの女、村の反対側に住んでいるくせに！」

「だけど、キャンキャン鳴く小さな犬を飼っているでしょ。自分自身の生活よりも他人の生活に関心がある人にとって、犬は夜に通りをうろつき回る絶好の口実になるのよ」

アガサはコーヒーのパーコレーターの電源を入れた。「実は彼とベッドを共にしたの。ショックを受けた？」

「いいえ。だけど、たぶんあなた自身はショックだったんじゃない？　あなたの世代の女性は気楽なセックスに慣れていないから。最近の若い人たちは威厳を失うなんてこれっぽっちも感じずに、ただ気ままにセックスしているみたいだけど。それでも、恋に落ちていないなら、とてもみっともない行為だわ、もちろん」

「たぶんミセス・ダリは村じゅうにそれを広めるでしょうから、ジェームズの耳にも入るわね」

「それって、そんなにまずいこと？　彼はずっとあなたを無視しているのよ。永遠に愛を捧げることをあなたに期待するなんてずうずうしいわ」

アガサはコーヒーを二杯注ぎ、キッチンのテーブルの前にぐったりとすわりこんだ。

「わたし、馬鹿みたいね。ガイ・フリーモントはたかり屋なのよ。オックスフォードのぞっとするようなフレンチレストランに連れていって、財布を忘れてきたと言ったの」

「もしかしたら本当に忘れたのかも」

「どうかしら。財布を忘れた男や、勘定書が来るとトイレに行ってしまう男とのディナーやランチにはもう我慢できない」

「じゃあ、今度外出するときは、あなたの方はカードとお金を忘れればいいわ。もしかしたら彼はやっぱり財布を持っていた、ってことになるかもしれないわよ」

アガサはにやりとした。「試してみるわ。水に関してはもうトラブルは起きていない?」

「実は起きているの」

「どういうこと?」

「〈グリーンピース〉と〈地球の友〉については聞いたことがあるわよね」

「ええ」

「これまで誰も聞いたことのないグループが登場してきたの。〈キツネを救え〉よ」

「だけど、それって狩猟地の破壊活動をする連中でしょ」

「ええ。でも、今度の土曜に泉でデモ行進をするつもりでいるらしいわ」

「彼らが泉とどういう関係があるの？」

「資本主義が田舎の生活を破壊している例だと言っているわ」

「くだらない」

「まったく。彼らは歓迎されそうもないわね。ミネラルウォーター会社が従業員を雇用しはじめて、しかもアンクームの若者たちを最優先しているから」

「デモ行進が悪い評判につながらないといいけれど」

「なんらかの暴力沙汰になりかねないかもしれない。でも、警察が制圧してくれるわよ。抗議者の大半は町から来ていて、田舎の生活を理解していないみたいなの。わたしが言っているのは、本物の抗議者のことよ。たいてい真面目で温厚な人たち。でも、こうした抗議運動が暴力沙汰を求めているチンピラに乗っ取られることがよくあるの」

「わたしもデモ行進に行ってみるわ」アガサは言った。

「くれぐれも気をつけてね」

「そうするわ」

牧師の妻が帰ってしまうと、アガサはミネラルウォーター会社の経費を精算することにした。経費精算を後まわしにしたら、どんなに恐ろしいことになるかをよく知っていたからだ。そこでハンドバッグを開けて、フレンチレストランの領収書をとりだした。彼女はパソコンにきちんと打ちこんだ。「ミスター・ガイ・フリーモントの接待。九十二ポンド、プラス十ポンドのチップ」それをプリントアウトしながらにやっとした。


二日後、ガイ・フリーモントと兄がビジネスについて話し合っていると、会計士のジェームズ・ブリッグズが入ってきた。

「やあ、ブリッグズ、どうしたんだ?」ピーターがたずねた。

「一考していただきたいミセス・レーズンの必要経費があったものですから」

「あのおばさんが何を言ってきたんだ?」ピーターがたずねた。「服とかメイクとかを請求してきたのか?」

「これです」ジェームズ・ブリッグズは兄弟のまえに数字の並ぶ表を広げた。「すべてちゃんとしていますが、これだけが妙なんです。ミスター・ガイ・フリーモントを接待した高級なレストランの支払いを経費に含めているんですよ」

ピーターがその項目を指先でたたいた。「どういうことだ、ガイ?」

「実はぼくが彼女を招待したんだが、財布を忘れたんだよ」

「またか? 今回は大目に見てくれ、ブリッグズ」

会計士が立ち去ると、ピーターが不機嫌に言った。「彼女は優秀なPR担当者なんだ。このミネラルウォーターのビジネスを軌道に乗せるまで、彼女と寝るんじゃないぞ」

「財布を忘れたんだよ。それだけだ」


土曜の午前十一時にデモ行進が行われることがわかった。アガサは余裕を持って現地に着いた。たくさんの人々が泉を遠巻きにしていた。メアリー・オーエンがつかつかと近づいてきた。「こういうデモがあるのに、知らん顔する気じゃないでしょうね」メアリーは毒づいた。

「もう、うるさいわね。このデモはあなたの思いつきなの?」

「ちがうわ。でも、これは田舎の生活が破壊されたら、イギリスじゅうの人々が黙っていないっていうなによりの証拠よ」

アガサが肩をすくめて背中を向けると、目の前にビル・アレンがいた。「用心した方がいいぞ」彼は奇妙なくぐもった声で言った。「あんたはみんなの感情を逆なでしてる」

「わたしを脅しているの？」

「ただの警告だよ、ミセス・レーズン」

十一時になると、静寂が広がった。ふいにアガサは群集のはずれにジェームズの長身の姿を見つけた。彼のそばに行きたかったが、じゃけんにされるのが怖かった。それでも、彼はこのあいだ電話をくれたのだ。じりじりと彼の方に移動しはじめたとき、誰かが叫んだ。「来たぞ！」

ささやかな行列が泉に近づいてきた。先頭には穏やかな顔つきの中年の人々がいたが、後方には入れ墨、迷彩ジャケット、イヤリングといった風体のたくましい若者たちが並び、トラブルの臭いをプンプンさせていた。五名の警官が泉の正面に立っていた。

見物人はデモの行列に道を空けた。不安そうな羊そっくりの顔をした女性が群集に向き直ると、演説用原稿をとりだした。

「ここに来たのは」と震え声で口を開いた。「この泉の商業化を防ぐためです。わたしたちの村の生活は守られねばなりません」

「あなたはどこに住んでいるの？」アガサは叫んだ。

その女性はまばたきし、口をパクパクさせた。それから、いっそうメモを握る手に力をこめて演説を続けた。「申し上げたように、わたしたちは――」

「あなたはどこに住んでいるの？」アガサがまた追及した。

「黙れ！」入れ墨の若者の一人が怒鳴った。

「いいえ、黙らない」アガサは叫び返した。「この女性は村の生活について知っているの？　それともあなたたち全員がバーミンガムやロンドンから騒ぎを起こすためにやって来たの？」

入れ墨男がアガサの方に近づいてこようとした。分厚い唇に突きでた額をしている。アガサは逃げようかと迷った。しかし、この場には警察がいる。それにジェームズも――ジェームズはいつのまにかアガサのかたわらに来ていた。

「彼女はその質問に答えるべきだと思うわ」ジェーン・カトラーの声がした。「このデモ隊はバーミンガムのスラム街からやって来たように見える。全員が田舎には無縁の人たちよ。それに臭いからして、お風呂とも無縁みたいね」

「万事休すだ」ジェームズがつぶやいた。

好戦的な若者がアガサにつかみかかった。「口を閉じていろ。さもないと、代わりにおれが閉じさせてやる」

ジェームズがアガサの前に立ちはだかった。「脅しを口にしてたんじゃ、抗議運動はできないぞ」

頭突きを食らわせようと、その砲弾のような頭が迫ってくるのをジェームズは見てとり、すばやく片側によけた。数人の女性たちが悲鳴をあげた。警察が近づいてきた。どういうつもりか防弾ジャケットを着たひょろっとした女性がジェーン・カトラーをとらえて、髪の毛をつかんだ。ジェーンはとてつもなく大きな悲鳴をあげた。警察がその女性を地面に押し倒した。遠くからサイレンが聞こえてきて、警察の応援隊がぞくぞくと到着しはじめた。

アガサに襲いかかろうとした男は、ジェームズにパンチをお見舞いしようとした。ジェームズは頭をひっこめ、横に移動して拳を避けた。最近は相手を殴り返したら、暴行容疑で法廷にひきずりだされかねないと承知していたからだ。

デモ行進の代表者は途方に暮れて泣いていた。ミセス・ブロクスビーが代表者の女性に近づいていき、二言三言ささやくと、すすり泣いている女性を連れていくのが見えた。

警察が群集の中に分け入ってくると、ジェームズを殴ろうとしていた若者をつかまえ、連行していった。「ブタめ!」彼はわめいた。そして、後方にひきずられていきながら、燃えるような目でアガサをにらみつけて叫んだ。「覚えてろよ」

「行こう」ジェームズがアガサの腕をとって言った。「一杯やろう」

「どこで? ここで? 村で?」

「いや、カースリーに戻ろう」

〈レッド・ライオン〉は静かで、二人は薪が燃えている暖炉のわきにある隅のテーブルにすわった。今日は寒かったのだ。

「わたしよりもずっとたくさんのことをジェーン・カトラーから聞きだしたんだってね。ビル・ウォンが言っていた」

「そんなことをあなたに話したの?」

「かまわないだろう? お互いに調査の邪魔をしないようにしよう」

「今後は事件を調べることもないんじゃないかしら」アガサは言った。「来週ロンドンに行かなくちゃならないの。たくさんのジャーナリストに会うことになっているのよ」

「へえ、じゃ、わたしは一人で調べることになるのかな?」

「ええ、当分はそうなるわね」アガサはどうしてそんなことを口にしてしまったのだろうと思った。黙っていれば、ジェームズと事件について語りあうことができたのに。

「一人でどうにかやってみるよ」ジェームズは言いながら、考えこむようにアガサを眺めた。「ただの友人としてのアドバイスだけどね、アガサ。悪くとらないでほしいんだが」

誰かが「悪くとらないんでほしいんだが」と言いだしたとき、いちばんいい方法はその先を言わせないことだと、アガサは誰よりもよく知っていた。しかし、その日はなぜか破滅的な気分だったので、彼女はこう言った。「続けて」

「ミネラルウォーター会社の青年のことで、世間の物笑いになっているんじゃないかな。きみは最近、若い男が趣味みたいだけど、少しみっともないよ。キプロスではチャールズ、今度はあの男だ。男が裕福かどうかは関係ない。きみぐらいの年齢の女性と交際すると、相手の若い男には〝ツバメ〟というレッテルが貼られてしまうんだ」

アガサの顔は屈辱でどす黒い色に染まった。

彼女があまりに勢いよく立ち上がったので、椅子が後ろに倒れた。「あなたなんて大っ嫌い」押し殺した声で言った。

ジェームズも立ち上がった。「待ってくれよ、アガサ。わたしはただ――」

「黙ってよ！」アガサは金切り声をあげた。「いいから黙って！」

ドアから飛びだしていくとき、バーにいたミセス・ダリが、好奇心をむきだしにして見ていることに気づいた。

ジェームズは店じゅうから注がれる興味しんしんの視線を意識しながら、ゆっくりと酒を飲み干した。ミセス・ダリは新しく店に来た人を誰彼かまわずつかまえては、熱心に何やらささやいていた。

ジェームズは立ち上がって店を出ると、重い足どりで家路についた。自分がいけないのだと、あるいはあの言葉は嫉妬から出たものだとは、どうしても認めたくなかった。代わりに、この殺人事件について何か見つけたいという燃えるような欲望がわきあがった。そのときは、もしかしたら、アガサに発見したことを報告するかもしれない。あくまで、もしかしたらだが。彼女がパブであういう騒ぎを起こしたことは許しがたかった。

4

次の月曜日、アガサは荷物を詰めてロンドンに向かった。ジャーナリストと話すという骨の折れる仕事漬けの一週間が待っていた。ジェームズの言葉がまだ耳にこびりついていて、胸が疼《うず》いた。

彼が名指ししたチャールズというのはサー・チャールズ・フレイスのことだ。三十代後半の準男爵で、アガサはキプロスで彼とひとときの恋を楽しんだのだった。もっともアガサはジェームズの不誠実さと冷たさに腹を立てて、チャールズとベッドを共にしたにすぎなかった。しかし、すでに結婚していたのにジェームズと結婚しようとしたこと以上に、つかのまの情事を彼は決して許さないだろう。それはまちがいなかった。

チャールズは海外から帰ってきてから、アガサを食事に誘ってきた。しかし一度だけ会ったものの、その後は忙しくて会えないと断っているうちに、電話もなくなって

しまった。

アガサはロンドンに行くことで、ほっとしていた。殺人事件の捜査は警察に任せておけばいい。しばらく仕事に集中し、ジェームズのことも、殺人事件とカースリーのことも忘れるつもりだった。

ロンドンでは忙しい一週間を過ごした。ジャーナリストを次々に懐柔して、村祭りに来ることを約束させなくてはならなかったのだ。ガイは約束どおりカースリーに新しいパンフレットを持ってくる代わりに、ロンドンのホテルに送ってきた。

ようやく週の最後になって、アガサはロイ・シルバーからのランチの招待を受けた。ロイは働いているPR会社のツケがきく、シティにある古いレストランにアガサを連れていった。静かで広々している店内はマホガニーと真鍮《しんちゆう》がふんだんに使われ、堅実で昔ながらのシティらしい料理が出された。もっとも、ここはロイ向けの店ではなかった。にぎやかな若者であふれたトレンディなワインバーの方が、彼の好みだっただろう。しかしロイは会社に請求書を回せるときに自腹を切るつもりは毛頭なかったのだ。

ロイはアルマーニのスーツを着ていたが、やせた体にはワンサイズ大きく見えた。ネクタイはけばけばしい派手な柄で、薄暗い保守的なレストランではやけに目立っていた。

二人はローストビーフを注文した。アガサは自分の料理を心からうれしそうにもりもり食べていたが、ロイは料理を突いているばかりで、たまに小さな肉片を口に入れるだけだった。

二人は村祭りについてあれこれ話し合った。誰がまちがいなく出席しそうか、誰はあやふやか。そしてロイは椅子に寄りかかると、指で髪をかきあげた。彼はほっそりした顔にひょろっとした体、抜け目のない鋭い目つきをしていた。アガサの部下として働いたあとで現在の仕事についてから、以前よりも堅苦しい服装をするようになった――ネクタイは別にして。かつてピアスをつけていた左耳の穴だけが、ロイが捨てた自己イメージの名残だった。

「今週はジェームズ・レイシーのことも殺人事件のことも、ひとことも言いませんでしたね、アギー」

「ずっと忙しかったから。どうしてプディングを注文しなかったのかしら？」

「ウエストラインのせいでしょう、アギー？」

アガサはウエイターに合図した。「ドライフルーツ入りのプディング《スポッティッド・ディック》をお願い」

ロイはクックッと笑った。「スポッティッド・ディック――まだらのペニス。そんな名前がプディングとはねえ！　梅毒の症状みたいだ。で、さっきも言いましたけど、殺人事件はどうなっているんですか？」

「言ったでしょ、ずっと目が回るほど忙しかったって」

「あなたらしくもない。かの有名な好奇心はどうしちゃったんですか？」

「自分の仕事をすることになったから、事件は警察に任せることにしたの」

「ところで、キプロスでジェームズとのあいだに何があったんですか？」

「彼は売春婦と寝たのよ。ドラッグの調査のためだと主張していたけど」

「でも、あなたはそれを信じてないんですね？　ねえ、アギー、ジェームズは調査以外の理由で売春婦を買うタイプじゃないですよ。とびぬけて厳格な人間ですからね」

「実は、わたしがちょっと浮気したものだから、むかっ腹を立てたんだと思うわ」

「これはこれは隅に置けませんね、アギー。この殺人事件は本腰を入れて調べるべきだと思いますよ」

「どうして？」

「犯人を見つけたら、いい宣伝になる。容疑者とおぼしき人間はいないんですか？」

「容疑者だったらいいな、と思う人はいるわよ」

「教えてください」

「ジェーン・カトラーっていうおばさん。美容整形とエステの歩く記念碑よ。六十代だけど、フェイスリフトをばっちりして若作りしているの。嫌な女よ。村ではよく見かけるタイプね。癌で死期が迫った男と結婚して、遺産を相続するのが得意技。教区会の委員よ。それから、やっぱり委員の一人のアンジェラ・バックリーは四十代で大柄ながっちりした体型の女性なんだけど、故パーシー・カトラーにお熱だったみたい。でも、年上のジェーン・カトラーがアンジェラの鼻先からパーシーを奪ってしまったというわけ。彼女には首を突っ込むなと警告されたわ」

「じゃあ、殺人は水とは無関係だと考えているんですね？」

「わからないわ」

「他にあなたを脅した人間はいますか？　他にトラブルは？」

「ビル・アレンという別の委員は、ミネラルウォーター会社に反対している一人なの。〈キツネを救え〉と一悶着があったときに、用心した方がいいぞとわたしを脅したわ」

「それ、どういう団体なんですか？」

「活動の焦点を、キツネの苦境を救うことから泉の水を汲むことの冒瀆を非難することに移した環境保護団体よ。よくいるたぐいの団体ね。善良な団体メンバーは心から村の生活を守ろうとしているけど、たいていスキンヘッドのトラブルメーカーがくっついてくる。おかげでちょっとした騒動になり、ジェームズはわたしを守ろうとして怪我をしそうになったのよ」

「じゃあ、彼も事件について何か探ろうとしているんですか？」

「彼はわたしを侮辱することにしか興味がないんじゃないかと思うわ」

「まだあなたに関心がある証拠ですよ、アギー。さもなければ侮辱も何もしないでしょう。週末に招待してもらえませんか？　いっしょに嗅ぎ回れますよ」

アガサは断ろうとしたが、考え直した。ガイは自分とつきあうつもりがあるのか、ただの一夜限りの関係とみなしているのか、よくわからなかった。ふいに、一人きりで村に戻ることが心細くなった。ロイは退屈だし嫌味を言うかもしれないが、彼が見習いとして彼女の会社で働いていた頃からの旧知の仲だった。

「ええ、いいわよ。あちこちで質問をして回るのも楽しいかもしれないわね」

「その胃にもたれそうなプディングを食べちゃった方がいいですよ。冷めかけているる」


土曜の朝にパディントン駅でロイと落ち合ったとき、アガサは招待したことを後悔した。ロイはタイトなジーンズに黒いレザージャケットという格好で、携帯電話でしやべりながら、それに周囲が気づいているかどうかきょろきょろ見回していた。大多数の人はまだ携帯電話を持っていないので、優越感に浸っているかのように。アガサに言わせれば、携帯電話は行き交う人々をいらだたせるためだけに発明されたものだ（本書が出版されたのは一九九八年）。

「それを電車で使ったら窓から放り投げるわよ」とロイが電話を切ると、アガサは怖い声で釘を刺した。「しかも、あなたはまだ二十代のくせにそんな格好なの？　ジーンズと黒いレザーは、男性更年期になってから着るものかと思ってた」

「ぼくは、中年女性っていうのは誰にも見向きもされなくなると、ローストビーフとデブになるプディングを食べるのかと思ってましたよ」

「もう、意地悪なことは言わないで」アガサはぷんぷんして言い返した。

モートン・イン・マーシュまでの道中、アガサはロイを無視し、コッツウォルズを舞台にした中流階級の中年の不貞についての小説を読んで過ごした。裕福な中流階級の人々は情熱などないにちがいないと思っていたので意外だった。でも、考えてみれば、青春時代、感受性が麻痺していたのは富裕階級に搾取されていた下層階級だったっけ。旅の途中でロイの電話が鳴ったが、アガサににらみつけられる前に、彼は携帯電話を手にして車両の向こうに移動していった。

アブラナの鮮やかな黄色の畑が車窓を流れていき、満開のライラックの枝が線路わきの土手で重たげにしなだれている。わが家に帰ってきたというといつもの感慨にふけりながら、アガサが手荷物をまとめたとき、列車はモートン・イン・マーシュ駅に滑りこんだ。

ロイが自分の週末旅行用のバッグとアガサのスーツケースを運び、二人はアガサの車に向かった。空は青く、駅の駐車場を縁取る木々で鳥がさえずっていた。花のバスケットがそよ風に揺れている。

「あなたぐらいの年になったら、こっちに越してきたいな」ロイが言った。

年寄りになった気分で、アガサは車を発進させた。モートンの混雑した道路を抜け、A44号線に出ると、急な長い坂を上ってボートン・オン・ザ・ヒルを抜け、それから、こんもり茂った木々がアーチになっているうねうねした坂道をカースリー村へと下っていった。

ジェームズのコテージには人の気配がないようだった。するとロイがいきなり言いだした。「レイシーを訪ねてみますか?」

「いいえ。荷物を運んでちょうだい。ドアを開けるわ」

ロイが荷物を運びこんでいるあいだ、アガサは猫をなでていた。留守のあいだ、二匹は掃除をしてくれる女性に世話をしてもらっていたのだった。アガサは二匹にえさをやると、庭に出してやった。

荷物を片付けてからキッチンでコーヒーを飲みながらくつろいでいると、ロイが切りだした。「さて、始めましょう。誰がこの教区会の委員なんですか？」

「ミネラルウォーター会社に賛成なのは、ジェーン・カトラー、アンジェラ・バックリー、フレッド・ショー。反対なのは、ビル・アレン、アンディ・スティッグス、それにいちばん強硬に反対しているのがメアリー・オーエンよ。泉が湧きだしている庭の持ち主がロビーナ・トインビー。まず彼女からあたってみたらどうかしら。彼女は脅迫されていたのかもしれない。もしかしたらミスター・ストラザーズがどっちに投票するつもりだったか、知っていたかもしれないわ」

「まず食事をしませんか？」

「じゃ、パブに案内するわ」

「お得意の電子レンジ料理はないんですか？」

「わたしは今じゃ料理ができるのよ」アガサは言い返した。「あなたが来るって思ってなかったから、何も材料を買ってないだけ」

アガサは〈レッド・ライオン〉に入っていくとジェームズがいないかとさっと店内

を見回したが、彼は来ていなかった。「ミスター・レイシーはまたどこかに行ったようだよ」店主が二人に飲み物を出し、ランチの注文をとりながら言った。

「まあ」アガサはがっかりしながら、できるだけさりげなくたずねた。「どこに行ったのかしらね？」

「さあ、出発するのをミセス・ダリが見かけたそうだ」

「いつまで留守にする予定なの？」

「誰も知らないよ。新聞店で新聞を買ってから、警察署に行き、フレッド・グリッグズに鍵を預けて、しばらく留守にすると伝えたらしい」

アガサはすっかり落ち込んだ。ふいに人生が色あせ、無意味に感じられた。ガイ・フリーモントとの浮ついた関係がひどくつまらないものに思えてきた。

殺人事件の調査にも興味をすっかり失ってしまった。典型的なイギリスのパブ料理、ラザニアとフライドポテトを食べ終わると、アガサは言った。「まずイヴシャムの〈ゲリーズ〉に行きたいわ。新しいスーパーマーケットなの」

「どうして？」ロイがたずねた。「委員の一人がそこで働いているんですか？　全員が裕福なんだと思ってましたが」

「そうじゃなくて、たんに家に食材が何もないし、あなたに荷物を運んでもらえるからよ」

「どうしてもと言うなら。ぼくがたぶん落ちることになる地獄があるとしたら、巨大なスーパーマーケットですね。そこではカートはいつも斜めに滑っていき、子どもたちは泣き叫び、最低ひとつはバーコードがついていない品物を買い、担当者がどこかに行ってバーコードを調べてくるまでさんざん待たされる。おかげで、ぼくの後ろにずらっと並んでいる人々に憎まれるんです。九品以下の少量買い物客専用レジ《エクスプレスレーン》に並ぶと、前の三人は最低二十品も買っているが、ぼくには抗議する勇気がないときている。あるいは、レジの女性はぼく以外の全員と顔見知りで、長々とおしゃべりに興じていて、やっとぼくの番になると、レジのロール紙を交換しはじめる。さもなければぼくの前の女性は食料品がレーンを滑っていくのを袋に詰めもせずにぼうっと眺めているだけで、のろのろと小切手帳をとりだし、のろのろと小切手を書き、さらに食料品の種類に従ってビニール袋にていねいに詰めてくれと店員に要求する。そして、そうした苦難がようやく終わって回転ドアまでたどり着き、昼間の光を目にしたとたん、ぼくはまたふりだしに戻って、そのすべてを繰り返しているんです」

「ともかく行きましょ」アガサは彼の長広舌をまったく聞いていなかった。

〈ゲリーズ〉は買い物客でごった返していた。ロイはいきなり料理をすると言いだし、謎めいたハーブやスパイスを探しはじめた。「冷凍食品に手を出しちゃだめですよ、アギー」彼は注意した。「その目のぎらつき方からして、何かを電子レンジにかけたくてうずうずしているんでしょう」

「まず、あなたをね」アガサは言った。「だいたい、ここから出られるのかしら?」

ようやくレジにたどり着いたとき、片側に傾いているカートには山のように品物が積まれていた。長い列は少しずつ前へ進んでいき、まもなく最後尾が見えてきた。二人の前にはやせた女性が一人いるだけだった。

「ヘイゼル!」その女性はレジのアシスタントに叫んだ。「土曜も働いているって知らなかったわ」

「お金が必要だからよ、グラディス」ヘイゼルは最初の商品にぽっちゃりした赤い手を伸ばしながら答えた。

「たしかにねえ。わたし、腰の手術を申し込んだの」

「かなり待たなくちゃならないでしょうね」

「それだけの甲斐はあるわ。バートが言ったの、こういう痛みを我慢するべきじゃないって。だけど、国民健康保険のことは知ってるでしょ。お墓に入ってから手術の番が回って来るんじゃないかしら」

「もしかしたら新しい政府が……」ヘイゼルがまだ手を宙に浮かせたまま言いかけた。

「ちょっと、さっさと仕事をしてちょうだい！」アガサが大声で叫んだ。

しんと静まり返った。アガサは味方になってもらおうとしてロイを振り向いたが、彼は姿を消していた。列の後ろの人々は彼女と目を合わせようとしなかった。

「まあ、驚いた」グラディスは言った。だがヘイゼルは食料品をすごい速さでスキャナーに通しはじめ、グラディスはアガサに怒った視線をちらちら向けながら袋に詰めはじめた。

とうとうグラディスの買い物が袋に詰められて渡された。彼女は非難がましくアガサをにらむと、聞こえよがしに甲高い声で言った。「お気の毒ね、ヘイゼル。頭がどうかなっちゃいそうな人たちを相手にしなくてはならないなんて」

「さよなら、グラディス。バートによろしく」

それからヘイゼルはレジを開けて、ロール紙を交換しはじめた。

ようやくアガサがカートに荷物を積んで駐車場に向かったときは、怒りのあまり頭から湯気が出ていた。乱暴にカートを左に向けた。

ロイは車のところで待っていた。

「いったいどこにいたのよ？」アガサは怒鳴った。

「煙草をとりに行ったんですよ」ロイがそわそわして答えた。

「臆病者。さっさと、この荷物をトランクに入れるのを手伝って」

二人はイヴシャムの新しい一方通行システムをぐるっと走った。このシステムはブリッジ・ストリートの商店にはとても恨まれていた。その商店街だけ孤立してしまったからだ。

とうとうロイが遠慮がちにたずねた。「これからアンクームに行くんですか?」

「まず荷物を家に運ぶわ」アガサは不機嫌に答えた。まったくもう、ジェームズったらどこにいるの?

荷物を整理しながら、ロイはもうこれ以上重苦しい沈黙に耐えられなくなった。

「ジェームズがどこかに行ったのは、ぼくのせいじゃないですよ」

「何ですって?」

「だって、スーパーであの女性にあんなにカッカしたのは、そのせいでしょう?」

「ひとつ言わせてもらうわ。あのスーパーの女性には、どんなときでもカッカするわよ」

「じゃあ、どうしてぼくに怒っているんですか?」

「意気地なしだからよ!」

「ロンドンに戻った方がいいかもしれない」ロイは小さな声でつぶやいた。

「どうぞ、そうしたら！」

「荷物を詰めてきます」

アガサはキッチンのテーブルの前にすわり、両手で顔を覆った。目に涙があふれてくるのを感じた。嫌いだという証拠しか見せてくれない男のことで、どうしてこんなに心を波立たせているのだろう？　もしかしたら年のせいかもしれない、と涙を振り払いながら思った。ジェームズのあとには、もう誰も愛せる人がいないかもしれないと思うと不安だからだわ。

立ち上がると、階段の上に呼びかけた。「不機嫌になってごめんなさい。一杯やらない？」

ロイが満面に笑みをたたえて階段を下りてきた。彼は野心家の青年だったので、ボスがいまだにそのＰＲの手腕を評価しているこの気むずかしい女性を怒らせたくなかった。

「一杯やらない？」アガサは繰り返した。

「アルコールはやめたんです」ロイは言った。パブでもミネラルウォーターしか飲んでいなかった。

「どうして？」

ロイはちょっと躊躇した。本当の理由は飲まないことが流行の先端を行くように思えたからだ。ロイは流行に遅れたくなかった。

「脳細胞がだめになるからですよ」

「わたしは出かける前にブランデーをきゅっとひっかけるわ」

「あなた一人で飲ませるのは心苦しいな……」

「別にかまわないわよ」

「じゃあ、ほんの少しだけ」

一杯だけのつもりが三杯になり、アンクームに出かけたときは二人とも陽気になっていた。アガサは泉から少し離れた幹線道路に車を停めた。泉では観光客の一団が泉を指さしながら見物している。周囲に張られていた青と白の警察の立ち入り禁止のテープはもう撤去されていた。

ロビーナ・トインビーのコテージの入口は小道の門のわきにあり、小道はコテージのわきから幹線道路に通じていた。「まず電話するべきだったかもしれない」ロイが言った。

「大丈夫、彼女は家にいるわ。窓からわたしたちを見ているわよ」

アガサがドアをノックしようと手を上げたとたん、ロビーナがドアを開けた。

「お会いできてうれしいわ、ミセス・レーズン。お礼の電話をしようかと思っていたところなんです。どうぞお入りになって」

コテージは古く、もしかしたら十七世紀に建てられたのかもしれないとアガサは思った。リビングは居心地がよかった。大きな暖炉、天井の低い梁《はり》、いくつもの花瓶や絵が飾られ、本が並び、猫がテレビの上で昼寝をしていた。

小さな鉛枠つきの窓からのぞくと、細長い庭が道路まで続いていて、芸術的に植えられたパンジー、ベゴニア、ウィステリア、クレマチス、ロベリアが咲き乱れている。泉が湧きでているかたわらには日時計のある芝生。泉に設けられた水路は岩や花のあいだを通って古い庭の塀の向こうに消えている。

暖炉の上には、大きな帽子をかぶった陰気な顔つきの老婦人の暗い油絵がかけられていた。

「ご先祖ですか？」アガサはたずねた。

「ええ、それがミス・ジェイクスです」ロビーナは言った。彼女は淡いグリーンのベルベットのパンツスーツを着ていた。アガサも何着かパンツスーツを持っている。ロビーナを見ていて、ベルベットのパンツスーツはとりわけ中年女性に好まれるものだと気づき、自分のパンツスーツはまとめてどこかのチャリティショップに持っていこうと決心した。まだ夕方なのに、ロビーナの服装は夜向けだった。パンツスーツにきらきらするイヤリングと人造ダイヤのネックレスをつけ、黒いサテンのハイヒールをはいている。孤独な女性はクリスマスのかなりあとまでツリーをライトアップしているが、それと同じように昼間でも夜用の服を好むのだ。まるでそのきらめきと華やかさで、もう少し長く若さを保っていられると信じているかのように。

「それで」とロビーナは穏やかな笑みを浮かべた。「何をお飲みになりますか？」

「いえ、ぼくは……」ロイが言いかけた。

「あら、まあ。ブランデーの匂いがするわ。わたしもブランデーの仲間入りをするわ」

アガサはまたブランデーかと思いつつも、ええ、いただきます、と答えた。

「成功に乾杯」ブランデーを出すとロビーナは言った。「これで一件落着してくれるといいんですけど。わずかな水のことで文句を言うなんて馬鹿げてるわ。すべて嫉妬のせいよ、わたしがミネラルウォーター会社からお金を支払われるから。まあね、たいした額じゃないけど、とても助かるわ。あなたはよくご存じにちがいないけど、ミセス・レーズン……」

「アガサと呼んでちょうだい」

「アガサ。あなたはよくご存じにちがいないけど、年をとったときのことを考えなくてはならないでしょ。老人養護施設って、ものすごく費用がかかるのよ」

「わたしはまだ年をとったときのことなんて考えていないわ」アガサは言った。

「あら、でも考えておくべきよ。最近はぞっとするほど長生きするんですから」

「自分は若いと思っていれば、若くいられると信じているの」

「そのとおりね」ロビーナはロイを値踏みするようにちらっと見た。「言っておきますけど、わたしはツバメを持つことをショックに感じるような女性じゃありませんからね」

「ロイはわたしのツバメじゃないわよ」アガサはこの穏やかな女性は嫌味を言っているんだろうか、と不安になってきた。「ミネラルウォーター会社との契約で何か生活に影響がありました？」

「とても悪意のこもった脅迫状が何通か来たわ。『殺してやる、このクソ女』っていうのが最後の手紙だった。もちろん匿名よ」

「警察に届けた？」

「いいえ、たぶん環境保護団体の連中だと思うの。みんながなごやかに田舎のことを話題にしていた時代を覚えている？　今は〝環境〟という言葉にはどこか威嚇的なところがあるわ」

「その手紙のことは絶対に警察に知らせるべきだと思うわ」アガサは繰り返した。

「あなた、たしか探偵の仕事でちょっと有名になったでしょ」とロビーナが言いだした。「だけど、心配することなんて何もないわ。事件のことは専門家に任せておいた方がいいわよ」

アガサはしだいにロビーナをうとましく感じはじめた。来たばかりのときは居心地よく思えたリビングも息が詰まる気がしてきた。外が急に暗くなった。ロビーナはとても甘ったるい強烈な香水をつけていて、それが芳香剤とブランデーの匂いと混じりあっていた。ミス・ジェイクスが自分の時代にはこんな連中を家に上げなかった、と言わんばかりにこちらをにらみつけているような気がした。

「自宅の庭のはずれで男性が殺されているのが発見され、脅迫状をもらったら、わたしならとても不安になるわ」アガサは言った。

「ああ、あなたは移住者だから。移住者は永遠にこの土地に属することがない。わたしたち田舎の人間は土地になじんでいるし、自然の猛威にも慣れているから、はるかに強いのよ」

「わたしたち都会の人間は町の通りで起きる暴力沙汰に慣れているので、当然の用心をするのよ」アガサは言い返した。

ロビーナはブランデーグラスを振り、ロイを見て眉をつり上げた。「彼女にはわかってないのよ」

「殺された男についてはどうなんですか?」ロイはたずねた。「誰が彼を殺したと思いますか?」

「バックリー親子でしょうね」

「放牧場のせいで?」アガサが質問した。

「ああ、その件について耳にしたのね。アンジェラと父親は本当に粗野で暴力的な人間なのよ」

「じゃあ、水とは無関係だとお考えなんですね?」ロイがたずねた。

ロビーナは小馬鹿にするように笑った。「ええ、まったく。もっとブランデーをいかが?」

「いえ、失礼しなくてはならないので」アガサは立ち上がった。「でも、どうかその脅迫状のことは警察に知らせておいてくださいね」

「次はどこに行きましょう？」土砂降りの雨の中を車まで走っていくと、ロイがたずねた。

「電機店を訪ねたらどうかしら。店じまいする前にフレッド・ショーをつかまえられるかもしれない」

「彼は賛成派ですか、反対派ですか？」

「賛成派よ。ただし、ロビーナ、ジェーン・カトラー、アンジェラを訪ねて、反対派の人間の方がこれ以上嫌な人間ってことはありえない気がしてきたわ」


二人が到着したとき、フレッド・ショーはちょうど店じまいをしているところだった。アガサに旧友のように温かく声をかけ店の奥に二人を招くと、ウィスキーのボトルをとりだしてきて、それぞれのグラスにたっぷり注ぎはじめた。

「成功に乾杯」フレッドはグラスを掲げた。「あなたがすべてを解決してくれたんだ、ミセス・レーズン」

アガサは小さく「成功に」とつぶやき、こっそりフレッド・ショーを観察した。六十歳だが、太い首とがっちりした肩と手をしている。力のありそうな男だった。

「老ストラザーズが生きていればよかったんだが」フレッドは言った。

「どうしてですか?」

「決定について内気な乙女みたいにだらだら先延ばしにしていたからね。『じっくり考えて、意見はしかるべきときに伝えるよ』ってね。食えないじいさんだった!」

「彼を好きじゃなかったんですね」

「わたしが議長になるべきだった。わたしなら委員たちをせかすことができた。結局、教区会では自分たちを救うために何ひとつ決められなかったよ」

「だけど、すくなくともアンジェラ・バックリーとジェーン・カトラーはミネラルウォーター会社のビジネスについて、あなたの側だったでしょう」

「あいつらか! ここだけの話だがね、ミセス・レーズン、あの二人はミネラルウォーター会社のことなんてどうでもよかったんだ。たんにメアリー・オーエンにいばられることに嫌気がさしているだけだよ」

「この村の人たちはお互いにあまり好意を持っていないようですね」ロイが思い切って発言した。

「ここにはいい友人たちもいるよ。ただし、誰も教区会には入っていない」

「どうしてなんですか?」ロイはウィスキーをぐいっとあおり、さらにいくつかの脳細胞にさよならを告げた。脳細胞が死ぬ話など聞かなければよかったと思った。ウィスキーの海で小さな細胞が息を詰まらせ、あえぎ、死に絶えていく姿が目に浮かぶようだ。

「新たに立候補する人間がいないので、われわれ全員が何年も委員を務めてきたんだ。理由はわかるかい？　最近の連中は責任を負いたがらないんだよ。この国がどうして労働党政権になったと思う？」

「イギリス国民の多くが労働党に投票したからでしょ」アガサは言った。

「ちがうよ。保守党の多くの有権者が家にケツをすえていて、投票に行かなかったからだ」

「ミスター・ストラザーズを殺しかねない人間に心当たりはありますか？」ロイがたずねた。

フレッドは鼻のわきをたたいた。「もう一杯やろう」

「いいえ、もう……」アガサは言いかけたが、彼はすでにグラスにお代わりを注いでいた。

「では、乾杯、ミスター・ショー。あなたが言いかけていたことだけど」

「ここではいろんなことが起きている。わたしは世間の動きに注意を向けているんだ。わかるかい？」

「ええ、ええ」ロイが酔いの回った声で言った。フレッドは疑わしげに彼を一瞥《いちべつ》した。「さて、ここアンクームにもどろどろした話があるんだ。まずメアリー・オーエンはミスター・ストラザーズに気があった――」

「だけど、ミスター・ストラザーズは八十二よ！」

「だが、メアリー・オーエンは六十五だし、あれぐらい年をとると」とフレッドは自分がまだその年になっていないかのような口ぶりで言った。「安定を求めるようになるんだよ」

「メアリー・オーエンは資産家だと聞きましたけど」

「ああ、しかし彼女は株式市場でやり手だと自慢しているが、最近かなりの金を失ったようなんだ。それで老ロバート・ストラザーズに目をつけた。そこへわれらがジェーン・カトラーが割り込んでくる。ジェーンは長く生きられない金持ちの男を手に入れるのが得意でね。ロバート・ストラザーズが食べ過ぎで死ななかったのが不思議だよ。常に二人のどちらかが食事を作るかディナーに連れ出していたからね」

「それでどっちが勝ちそうだったんですか？」

「わたしならジェーンに賭けるよ。それでメアリーはいらいらしていた。二カ月前の教区会の会合で、メアリーはジェーンを売春婦呼ばわりしたんだ」

「メアリー・オーエンがミスター・ストラザーズを殺したとおっしゃりたいんですか？」ロイが質問した。「どうしてジェーン・カトラーの方を殺さなかったんですか？」

「ああ、メアリーがジェーンを売春婦と罵った会合で、ロバートが断固としてメアリーに謝罪させたんだよ。あとでメアリーは、ロバートはきちんとした男だったのにジェーンのせいで堕落したと怒っていた」

「だけど殺すなんて！」アガサが異を唱えた。

「メアリーは力があるし、自分の邪魔をする人間は許さないよ」

「とてもおもしろい話ね」アガサはかなり飲んだせいで頭がくらくらしてきた。「そのことを警察に話しました？」

「まさか！　警察と関わる時間なんてないよ。去年、たった二パイントのビールを飲んだだけなのに、飲酒運転で逮捕されたんだ。ろくでなしどもめ。田舎を殺人者やレイプ犯がうろついているのに、やつらときたら、無害な市民を迫害することしかしていないんだからな。お代わりは？」

「いいえ、もうけっこうです」アガサは立ち上がった。ロイがグラスを差しだしていたので、それを彼の手からひったくって、テーブルに置いた。

「例の村祭りだが」フレッドが言った。「わたしはスピーチが得意なんだ」

「何か話していただくようにします」アガサは外に出て新鮮な空気を吸いたくてたまらなかったので、仕方なくそう答えた。

「それはご親切に」フレッドは言った。「もっと近くなったらあんたを訪ねるよ。スピーチについて相談しよう」


「これじゃ、運転できないわ、どっちも」アガサは外に出ると言った。雨は止んでいて、雨上がりの薄墨色の夜空が広がっていた。ぐんと冷えこんでいる。

「何言っているんですか、ぼくが運転します。そんなに遠くないし」

「だめよ」アガサはきっぱりとはねつけた。「わたしは無事故無違反で、それを汚すつもりはないし、わたしの保険はあなたが運転する場合はカバーしてくれないの」

「そんなに飲んでいませんよ」

「飲んだわ。あのウィスキーはなみなみ注がれていたし」

「メアリー・オーエンを訪ねてみたらどうかな？」

「頭がはっきりするまでは無理。何か食べないと。歩きましょう、歩くのは体にいいわ」

カースリーまであと半分のところまで来たとき、星がまたたきはじめていた空に黒雲が流れた。

あわてて足を速めたが、まもなく雨が落ちてきて、またもや土砂降りになった。ようやくアガサのコテージに着いたときは、二人ともびしょ濡れになっていたが、おかげですっかり酔いは醒めていた。

体を乾かして着替えると、ロイがディナーを作ると言いだしたが、キッチンでドタバタ騒ぎを演じ、すべての鍋を使い、しかも食事にありつくのは真夜中になりそうだったので、アガサはパブに行こうと言い張った。

食後に家に帰ってきたとき、アガサは留守番電話をチェックしていなかったことに気づいた。留守番電話サービスの女性の声に、話し方のレッスンを受けた時代の名残を感じ、いつもいらいらさせられた。お粥《ポリッジ》を食べてしまわなければサーカスに行けませんよ、という女性家庭教師風のえらそうな話し方だったのだ。「メッセージは二件です」声は言った。「お聞きになりますか?」メッセージを聞きたがらない人がいるのかしら?　とアガサは不機嫌に考えた。

最初のメッセージはガイ・フリーモントのものだった。「あなたにずっと連絡をとろうとしているんです。電話をしてほしい」

二番目はメアリー・オーエンからだった。「そろそろ話をする頃合いじゃないかと思うけど、ミセス・レーズン。電話をください」

アガサは時計を見た。真夜中だった。電話をするには遅すぎる。朝、アンクームまで歩いていき車を回収してこなければならないから、ついでにメアリー・オーエンに会ってこよう。

その晩眠りに落ちながら、アガサの頭に最後に浮かんだのはいつもと同じようにジェームズのことだった。彼はどこにいるのだろう?

一見して誰だかわからないほど外見が変わったジェームズは、その晩早く、ラグビーのアイリッシュパブで〈キツネを救え〉の会合に参加していた。黒髪はブロンドに染め、片耳にピアスを三つつけ、迷彩ジャケットに汚れたジーンズ、大きな軍払い下げのブーツといういでたちだった。アクセントで身分詐称がばれるのではないかと恐れ、新しい仲間とは「ああ」とか「うん」だけでコミュニケーションをとっていた。泉でのデモに誰が出資しているかを突き止めれば、殺人犯の正体の手がかりが得られるかもしれないと考えたのだ。

議長はやせた神経症的な女で、もつれた巻き毛と血色の悪いさもしい顔つきをしていたが、意外にも目は大きくとても美しかった。シビルと呼ばれていた。ここでは誰も苗字を使わなかった。ジェームズはジムと名乗った。

この会合が開かれたのは、コヴェントリーの車のセールスマンが四十回目の誕生日に庭でバーベキューパーティーをするという地元紙の記事に、メンバーの一人が気づいたせいだった。「ジプシー」の伝統を祝うために、彼はお客にローストしたハリネズミを供する計画だった。トレヴァーという男がハリネズミは保護種ではないと指摘すると、シビルは彼に怒鳴った。「今は保護されていることを思い知らせてやるわ！」そして、みんなから喝采を浴びた。ジェームズはこっそりとグループを観察した。全員がけんか好きに見えた。泉のデモを先導していた穏やかな顔つきの人々はもういなかった。たぶん怯えて逃げてしまったのだろう。幸い、アガサを攻撃しようとした男の姿もなかった。

ジェームズはシビルの質問にたったひとつ答えただけで受け入れられた。どこで自分たちのことを知ったのか？　バーミンガム育ちのダチから、とジェームズはもごもごと答えた。

会合は政治集会のようだった。シビルはハリネズミの苦境についてとても熱く語った。あの絵本の動物が保護されるものとして選ばれる一方で、蜘蛛のような動物は良心のとがめもなく殺されているのはなぜだろう、とジェームズは不思議でならなかった。

あるいは農場労働者が納屋のネズミを駆除しようとしていることについて知ったら、同じぐらいの情熱を傾けて阻止しようとするのだろうか？　そしてひとつの強烈な疑問が頭に浮かんだ。こうしたすべてに誰が出資しているのか？　会合の部屋代や、さまざまな狩り場や泉まで派遣する交通費を誰が払っているのか？

どこかにオフィスがあるにちがいなかった。

一人だけジェームズを不安にさせるメンバーがいた。大柄ながっちりした青年で、頭を剃りあげ、そこに髑髏印のタトゥーを入れ、ザックと呼ばれていた。ときどきザックの視線が自分に向けられていることに気づき、ジェームズは落ち着かなくなった。とうとう会合が終わった。シビルは翌日午後二時にコヴェントリーの中心部で全員がバスに乗り込み、よこしまな車のセールスマンのバーベキューに向かうと伝えた。

ドアから出ようとしたとき、ザックがジェームズの肘を力強い手で握った。「一杯やろうぜ、相棒」

「人に会う約束があるんだ」ジェームズはつぶやいた。

「待たせておけよ」ザックはジェームズの腕を放そうとしなかった。

騒ぎを起こして注目を集めたくなかったので、ジェームズはザックにうながされるままに外に出て、通りを別のパブへと歩いていった。

こちらのパブは非常にきちんとしていて、かなり混み合っていた。ジェームズは肩の力を抜いた。ザックが手に負えなくなったら、警察を呼べる。二人は半パイントのビターを注文し、隅のテーブルにすわった。

「さて、相棒、どういう狙いなんだ？」ザックがたずねた。

「どういう意味だよ？」

「あんたはあの連中の仲間じゃないだろ。あんたが入ってきたとたんにわかったよ」

ジェームズはザックの見苦しい顔を見つめ、それからいつもの口調で言った。

「あの連中？　きみは『あの連中』って言ったな。『おれたち』じゃなくて。きみこそ何が狙いなんだ？」

初めて会った二匹の猫のように、二人は相手をしげしげと観察した。ジェームズはテーブルの下のザックの足をちらっと見た。ザックがはいている破れたジーンズの裾は黒い編み上げ靴に突っ込まれていた。

ジェームズはゆっくりと笑みを浮かべた。「きみは刑事なのか？」

「警官だ。ロンドン警視庁犯罪捜査部《CID》はこんなとるに足らないことに時間を使ったりしないよ。で、あんたの仕事は？」

「どうしてわたしがやつらの一員じゃないとわかったんだ？」

「清潔すぎるし、爪が磨かれていたからね。あの連中の風呂に入っていない体の臭いに気づいたか？　風呂に入るのはブルジョアだとみなしているんだ。シビルは資本主義社会によってわくわくする体臭がイギリス国民から奪われたと非難している」

「わたしはアンクームの近くから来たんだ。泉で殺人事件が起きた村だ」

「それがあの連中とどういう関係があるんだ？」

「連中は泉でデモ行進をしたんだ。どうしてそんな真似をしたんだろう。動物はまったく関わっていないのに」

「やつらが殺人事件に関係していると考えているのかい？」

「いいや。水を汲むミネラルウォーター会社は、そのことに反対する教区会の委員たちのあいだに強い反感を呼び起こしたんだ。そのうちの一人が、この連中に資金を提供しているんじゃないかと思う。だとしたら、その資金提供している人間が殺人犯かもしれない。ところで、誰が出資しているんだろう？　狩猟妨害者は一日四十ポンドもらえると聞いたことがある」ジェームズは言った。

「いいか、相棒、それはおれもとうとう見つけだせなかったことなんだ。きみは土曜日に金を支払われるだろう。無地の封筒で、小切手が入っている。あいつらは動物にしか共感できない孤独で哀れな人々だよ」

「絶対的な愛情を求める人々なんだろう？」

「話がよく見えないが」

「たくさんのきわめて繊細な人々が、人間によって傷つけられている。そこで彼らは犬や猫に愛情を注ぐようになる。とりわけ犬は愛情を返してくれるし、しゃべれないし、うるさく要求することもない。別の飼い主のところに行ってしまう可能性もない」

「わかるよ。偏屈な老人が亡くなると、あんたがあげた理由のせいか、血縁者に大切にされていないと恨んでいたせいかわからないが、遺産をこういう組織に寄付するんだ」

「きみはデモがあるときに警察に内報するために潜入捜査をしているのか？」

「不穏な成り行きになったら、そうするよ。しかし、用心はしなくてはならないが、土曜日の一件は大丈夫だろう。乱闘にでもなったら、やぶに隠れ、携帯電話で警察を呼ぶつもりだ」

「どのぐらいこういう仕事をしているんだ？」

「半年だ。あちこちのちがうグループで」

「かなり厳しい仕事だな。たとえば、そのタトゥーとか」

「これは洗い落とせるんだよ、本物じゃない。それに髪はいずれまた生えてくる。もうじきおれを戻して、別の人間を派遣すると上が約束してくれているしね」

「ところで、シビルがこのグループのリーダーなのか？」

「いいや。ほら、女性解放みたいなふりをしているが、こういうグループはどこでも見かける男性優越主義者のブタどもの集まりだよ。だからうるさい女性を議長に祭り上げておいて、実際には男たちが組織を動かしているんだ。ときどき上流階級の人間も参加しているよ。けんか騒ぎでちょっとした興奮を味わいたいだけで、理念なんて何だっていいんだ。ところで、あんたのことを話してくれ」

そこでジェームズは自分は退役した大佐で、軍の歴史を書こうとしていることを話した。

「あんたがうろついていても誰も気にしないよ。ほんとに」ザックはジェームズが話し終えると言った。「だけど、爪をちょっと汚くした方がいい」

「それからきみは靴を替えた方がいいね」ジェームズはにやっとした。「それだと、ひと目で『おまわり』だとばれるぞ」

車のセールスマン、マイク・プラットはその土曜日、鏡で自分の姿を満足気に眺めた。四十歳には見えなかった。こめかみにはちょっと白髪があるが、かえって威厳を与えている。デザイナーズジーンズはナイフの刃のようにピンと折り目がつき、新しい白い革靴は国際的に活躍している人物という印象をかもしだしていた。金のロレックスを眺めた。もっとも本物ではなく、香港の九龍《クーロン》のネイザンロードで買ったものだが、誰にちがいがわかる?

妻が寝室に入ってきて、やせた腕を組んで夫を見た。カイリーは二番目の妻だった。十年前に結婚したときはかわいらしい小柄なブロンドだったが、今は化け物のようだ、と鏡の中の妻をにらみつけながらマイクは思った。ブロンドの髪の根元に黒い部分がのぞき、体に貼りついているTシャツ、ぴったりしたレギンス、ハイヒール、それらすべてのせいで、痛々しいほどやせていることがいっそう強調されていた。彼はオープンネックの青いシャツの襟元に赤いスカーフを結んだ。

「大物を演じる準備はすべて整ってるわよ」カイリーが言った。「だけどわたしはハリネズミなんて絶対にローストするつもりはありませんからね」

「きみはやり方を知らないだろ」マイクは鼻で笑った。「わたしは知っている。ジプシーの出自のおかげでね」

「ジプシーの出自って何なの？　あなたのお父さんは強盗で、まだ刑務所でおつとめをしているじゃないの」

「祖父母のことを言ってるんだ。祖母はジプシーだったんだよ」マイクは化粧台に置いたグラスのウォッカをぐいっとあおった。彼のアルコール消費量は畏怖を感じさせるほどだった。

マイクとカイリー・プラットはこぎれいな平屋建てが並ぶ地区のこぎれいな平屋建てに住んでいた。窓辺のひだカーテンといい、手入れの行き届いた芝生といい、どの家もそっくりだった。

マイクは妻のわきをすり抜けて、グラスを手に外に出ていった。最初の車が到着するのが聞こえた。近所中の人間を招待していた。ハリネズミはどうローストしたらいいか知らなかったが、見たところ他の動物の肉と同じだったので、シンプルに塩胡椒をしてバーベキューのグリルに並べた。

晴れた日で、空には雲ひとつなかった。館の当主のような気分になり、彼は最初のゲストを迎えに進みでていった。

肉屋に金を払ってハリネズミの皮をむいてもらったので、バーベキューコンロのかたわらのテーブルに、ちっぽけな死骸が哀れを誘う小さな山になっていた。別のテーブルにはサラダのボウル、紙皿、カップ、酒のボトルとグラスがのっている。

酒を配りながら、マイクは最高の気分だった。庭にはぞくぞくと人が詰めかけていた。いつもどおりの隣人らしい挨拶が交わされ、声があがった。「元気かい？　こっちは上々だ」女性たちは自分の配偶者のわきに立ち、これまで何十年も夫の言葉を聞いていなかったかのように熱心に耳を傾け、「まあ、本当？　へえ、そうなの」と叫んで夫の話に合いの手を入れていた。

マイクはハリネズミをバーベキューグリルにのせ、長いフォークで突いた。まえもって試しにひとつ焼いておくべきだったかもしれない。その匂いはあまりおいしそうではなかった。

そのとき抗議グループが庭になだれこんできた。「人殺し！」シビルが叫んだ。

酒と怒りで顔を真っ赤にして、マイクは前へ進みでた。「ここから出ていけ、ごろつきども」マイクはトレヴァーの腕を殴りつけた。トレヴァーはマイクの鼻を殴りつけ、彼は顔を血まみれにして後ろにひっくり返った。客たちは逃げまどい、テレビカメラが回された。というのも、抗議グループはこれからやることを必ずマスコミに知らせてから抗議活動をしたからだ。

ザックはやぶの陰にしゃがみこみ、角を曲がったところに停めたヴァンで待機しているはずの援軍を電話で呼んだ。

ジェームズはザックのかたわらにやって来た。「ここを出て、逮捕されるんだ」ザックがささやいた。「おれが釈放してやるから」

そこでジェームズはバーベキューグリルを投げるというお楽しみに加わった。燃えている炭が芝生をころがっていった。

カイリーは家の戸口に寄りかかり、酒をすすりながら、小さな笑みを浮かべていた。マイクの誕生日は、どうやらとてもおもしろいものになりそうだった。

5

翌朝アガサとロイは家でぐずぐずしていた。二人ともメアリー・オーエンと話し、車をとって来るために、アンクームまで三キロも四キロも歩く気になれなかったのだ。

「ニュースがないかテレビを見てみましょう」アガサは言って、スカイテレビにチャンネルをあわせた。

「まだ時間になってませんよ」ロイが文句を言った。「十一時二十分だから、ずっとするスポーツのことばかりだ」

「あと十分ぐらいよ」アガサは言うと、コーヒーのカップを手にテレビの前にすわりこんだ。

「殺人事件については何もやっていないみたいだな」ロイが言った。

「どうかしらね」

スポーツニュースが終わり、ＣＭになった。それからまたニュースになり、こう報

道されると、二人ともはっと体を起こした。「コヴェントリーのミスター・マイク・プラットのバーベキューはきのう〈キツネを救え〉のメンバーの攻撃対象となりました」

「あの連中だわ」アガサが意気込んで言った。

アナウンサーの声はハリネズミのバーベキューについて説明を続けた。

「あのまばゆい日差しを見てくださいよ」ロイが文句を言った。「コヴェントリーはここと同じイングランド中部地方じゃなくて、地球の裏側みたいだ。どうしてぼくたちはびしょ濡れにならなくちゃいけなかったんだろう？」

「しいっ」アガサがささやいた。

顔に嫌味な笑いを浮かべたブロンドの男がバーベキューコンロをひっくり返していた。アガサはぎくりとした。「あの男、ジェームズに似ていない？」

「気の毒に」ロイは首を振った。「あらゆるところにレイシーの姿を見るようになっているんですね。行きましょう。少なくともコヴェントリーの日差しがこっちも照らしているようですから」

「きれいですねえ」アガサと並んでアンクームへの道を歩きながらロイは言った。

アガサは返事の代わりにうなったが、春の田舎の圧倒的な美しさも心の中までは届きそうになかった。恵まれない子ども時代の土曜日はバーミンガムの美術画廊で過ごしていたことが思いだされた。イギリスの風景画について学び、キャンバスに描かれた風景をわくわくしながら鑑賞したものだ。それがいつか田舎で暮らしたいという夢の土台を形作ったのだろう。アガサは通り過ぎていく風景を絵画のように眺めた。あの新緑の鮮やかな緑、あの色は学校の美術の授業で使ったことがある。耕された畑に曲線を描く畝《うね》も、青い空に枝を伸ばしている畑の縁の木々も、まるで絵画のようだ。でも本当に田舎を賞賛するためには、田舎で育たなくてはならないのだろう。

「神を信じますか？」唐突にロイがたずねた。

「わからないわ」そう答えながら、しじゅう取引――ここから救ってください、そうしたら煙草をやめます――をしている空の上の人物は本当に存在しているのだろうかと考えた。

「ぼくは自然を信じているんです」ロイは両腕を広げて言った。「神ってそういうことなんじゃないかな」

「木に抱きつくつもりじゃないでしょうね」アガサは危ぶむように言った。「わたしはこれからもここで暮らしていかなくちゃならないんだから、妙なことはしないでよ」

「異教徒だってことを説明しようとしているんです」ロイは言った。「ぼくもこうした自然の一部なんです」

アガサは何か意地の悪いことを言ってやろうとしたが、ロイはそのやせた弱々しい顔を太陽に向けて、とても幸せそうに見えた。「田舎を楽しめてよかったわ」アガサはぶっきらぼうに言った。

「おかしいですよね」ロイはアガサの腕をとった。「これまでずっと都会から出ていく人は頭がおかしいと思っていたんですが、目標を下げれば、その方がずっといい。あなたとぼくでチームを組んで、ミルセスターで新しい会社を始めませんか、アギー？　地元の仕事を請け負うんです。そうだ、結婚してもいいな」

「そして、あなたを息子とまちがえられて晩年を過ごすわけね」

「考えてみてください。ぼくたちは相性がいいんですから」

アガサはひそかに、ロイではろくに役に立たないと考えていたが、そっと腕を放すと言った。「わかった、考えてみるわ」それから彼女は言った。「まだこの事件を調べなくちゃならないのかしら？　たしかに風変わりな人もいることはいるけど、ぞっとするミセス・ダリや少数の人をのぞいて、カースリーの人たちはいい人ばかりよ。だけど、アンクームで会った人々は本当に根性が曲がっていた。メアリー・オーエンはそのなかでもとびきり嫌な人間でしょうね」

「あなたはずっと嫌な人間ばかりを相手にしてきたでしょう、アギー」

たしかに。いい人間だろうが嫌な人間だろうが、かつては関係なかった。ただの仕事だから。でも今、わたしは人間を好きになることを学んだのだ。

「メアリー・オーエンはどこに住んでいるんですか?」ロイが質問してきた。

「調べておいたわ。アンクーム屋敷よ、村はずれの。車を回収して、運転していきましょう」

まもなく屋敷の入口に車で滑りこんだ。こんもりしたイチイの生け垣が狭い私道の両側を縁どっていて、アガサは迷路を走っているような気になった。やがて家の正面に出た。古い家だった。コッツウォルズの石で建てられ、だだっ広く、蔦《つた》に覆われている。あまり昔からそこに建っているので、周囲の風景の一部になってしまったかのようだった。

アガサの鋭い目は、屋敷の外の砂利敷きの車回しに雑草が伸びていることを見てとった。メアリー・オーエンがお金に困っているという噂は本当なのかもしれない。こういう屋敷には、かつては室内にも屋外にもたくさんの使用人がいたにちがいなかった。

「さて、また罵詈雑言を浴びせられる心構えをしましょう」アガサは鉄鋲つきのドアのかたわらにある古めかしいベルを押した。

最初のうちは誰もいないのかと思ったが、やがて足音が近づいてくるのが聞こえた。ドアが開いた。メアリー・オーエンが立っていた。みすぼらしいセーターを着て、染みのついた乗馬ズボンとブーツをはいている。頭をスカーフで覆い、片手にはたきを持っていた。

メアリーは軽蔑をこめて二人をじろっと見た。

「わたしはアガサ・レーズンと申し——」

「わかってるわ。そこにいる子分は誰なの？」

「ミスター・ロイ・シルバーです」侮辱をやりすごすには、癇癪《かんしゃく》を起こしちゃだめよ、と自分を抑えながら、アガサはきっぱりと言った。

メアリーは手にしたはたきを見て眉をひそめた。それから顎をぐいとしゃくった。

「入って」

彼女のあとから狭くて暗い玄関ホールに入り、石敷きの通路を歩いていくとキッチンに出た。「すわって」メアリーは怒鳴るように言った。アガサとロイはキッチンのテーブルについた。メアリーはブーツのつま先で椅子をひきずりだすと、二人の向かいにすわった。

「あんた、探偵として有名なのよね」メアリーが言った。

「いくつかの事件を解決しました」

「らしいわね。こんなふうにあんたを呼びだした理由は、警察に道理をわからせてもらいたいからなの。いい、わたしは誰がロバート・ストラザーズを殺したのか知っているのよ」

「誰ですか？」アガサとロイが同時にたずねた。

「ジェーン・カトラー、あの女よ！」

「なぜ？」アガサはたずねた。「彼女はミスター・ストラザーズと結婚したがっていたと聞きましたけど」

「もちろんそうよ。あの悪魔はすぐに死にそうな男と結婚することが得意なのよ。もっともロバートは末期癌とかそういうのは患っていなかったけど。百歳までだって生きられたでしょうね。だからあの女は死期を早めたのよ」

「だけど、彼女にどういう得があるんですか？」アガサはすっかり困惑していた。

「あの女は気の毒なロバートに、自分へ財産を遺すような遺言書を書かせたはずだからよ」

「でも、それは確かじゃないでしょう！」

「わたしは知ってるの。お願いだから、それを警察のお友だちに伝えて。さ、そろそろいいかしら、やらなくちゃならない仕事があるから」


「どう思いますか？」屋敷から車を出しながらロイがたずねた。

「ミルセスターまで行って、ビル・ウォンに会って何か聞きだしてきましょう」

「彼女はどうしてあんなふうにぼくを馬鹿にしたのかな？」ロイがむすっとして文句を言った。「子分だなんて」

「彼女はわたしに腹を立てていて、そこにたまたまあなたがいたからよ」

ロイの顔は明るくなった。「そうか。ぼくの服のせいじゃなかったんだ。だって、このセーターはイタリア製ですごく高かったし、ジーンズはストーンウォッシュなんですよ」

ロイがいくら服にお金をかけても、青白い顔をした栄養不良の若者たちで構成されているロンドンのストリートギャングの一員に見えると、アガサはひそかに思っていた。

「ああ、しまった」アガサはミルセスターに入るとぼやいた。「今日は市の日だわ。中心部には停められない。でも、歩くのはもううんざり」

「そこに停めて！」ロイが言った。

「黄色のラインよ。駐車禁止だわ」

「いいから停めて」ロイは尻ポケットを探って財布をとりだした。それから「障害者」のステッカーをひっぱりだし、アガサの車のフロントウィンドウに貼りつけた。

「それ、どこで手に入れたの？」

「ある友人から」

「だけど、警官がやって来たらどうするつもり？」

「なんとかごまかしますよ。行きましょう」

二人は警察署に入っていき、ビル・ウォンを呼びだした。「前もって電話するべきだったわ」待つように言われたので、アガサはぼやいた。「たぶん外出しているのよ」

しかし数分後にビルは現れた。

「何か情報を手に入れてくれたんでしょうね。忙しいんです」と言いながら、先に立って取り調べ室に入っていった。

アガサは最後に彼に会ったあとでわかったことを残らず話し、最後にジェーン・カトラーが遺産を手に入れるためにロバート・ストラザーズを殺したというメアリー・オーエンの主張でしめくくった。

「それはないですよ」ビルは言った。「彼の息子がすべてを相続しますから。ジェーン・カトラーやメアリー・オーエンのことは遺言書にひとことも言及されていませんでした」

「まあ」アガサはがっかりした。

「この老人、ストラザーズは」とロイが口を開いた。「ふたまたをかけていた可能性があります。老人は関心を引くためにそういう真似をすることがあるんです。だいたい、ミネラルウォーター会社に対する賛否をはぐらかして楽しんでいたくらいですからね。どちら側に投票するつもりか、委員の誰にも言わなかった。人を操って、自分のちょっとした力を楽しんでいたように思えます。もしもジェーン・カトラーが遺産相続できるものと思っていたらどうでしょう」

「それは鋭い意見だ」ビルが言った。「でも、どうして彼に結婚を承知させて、遺産相続を確実にしなかったんですか？　常識的に考えれば、息子にすべてを遺すでしょう。それにジェーン・カトラーは裕福なんです。もしメアリー・オーエンが金に困っていて、自分に財産を遺すように遺言を変更してくれたと信じていたなら、メアリーは彼を殺し、自分への疑いをそらすためにジェーンに罪をなすりつけるかもしれませんね」

「ところでジェームズが行方不明になっているの」アガサが言った。「何か聞いてる？」

たしかにビルは情報網を通じてジェームズが変装して〈キツネを救え〉にもぐりこんでいると知っていた。しかし、それをアガサに教えたくなかった。ジェームズと会うことが減れば減るほど、アガサにとってはいいと思っていたのだ。去る者日々に疎しだ。

「いいえ」ビルは嘘をついた。「たぶん旅行に出かけたんじゃないですかね」

アガサは冷静さをとり戻して、事件の話に戻った。「ストラザーズはどこか別の場所で殺されて、泉に捨てられた可能性もあるって言ってたわね。鑑識の証拠はあるの？」

「あまり。捨てる前に死体に掃除機をかけたみたいですね。ひとつだけ見つかったものがあります。ズボンの片方の折り返しに白い猫の毛が一本ついていたんです。古めかしい折り返しつきのズボンをはいていたものですから」

アガサは目を輝かせた。「じゃあ、白猫を飼っている人を探せばいいわけね！」

「ところが、アンクームの村には一匹も白猫がいないんです。一軒一軒訪ねて歩いたんです、もちろん嘘をついている人間がいる可能性はありますが」

「真っ白の猫とは限らないですよ」ロイが言った。「白と黒の猫かもしれない」

「すみません。説明しておくべきだった。その毛はペルシャ猫のものだったんです」

「まちがいなくペルシャ猫なの？」アガサがたずねた。「犬って可能性はないのかしら？」

犯人がミセス・ダリだったらどんなにうれしいだろう。

「まちがいなくペルシャ猫です」

「それでも、手がかりはあるわけね」アガサが熱のこもった口調で言った。

「素人探偵の熱意をそぐことはしたくないんですが、大勢の警官がその猫を探していて、いまだに見つからないんですよ」

「メアリー・オーエンにはアリバイがあるの？」

「ええ。殺人のあった夜、彼女はミルセスターの妹のところに滞在していました。その夜は泊まったそうです」

「でも、彼はもっと早い時間に殺されたのかもしれないわ！」

「死亡時刻を推定するのはたいていむずかしいんですが、発見された時刻よりかなり前に殺されたようですね。メアリー・オーエンの妹は姉が午後四時に到着して、翌朝まで外出しなかったと証言しています」

「妹なら何だって言うわよ」

「たしかに。でも彼女は真っ正直で誠実な女性に思えました。さて、もう仕事に戻らないと」

アガサとロイがアガサの車に近づいていくと、大柄な警官が車を眺めていた。

「足をひきずって！」ロイが声をひそめて命じた。

警官は振り向いて、二人が近づいてくるのに気づいた。「ありがとう、おまえ」アガサは震え声で言った。「だんだん物忘れがひどくなってねえ。どこに杖を置いてきたのか思いだせないんだよ」

これまでに会ったことのある警官ではありませんように、と必死に祈りながら、アガサは弱々しく警官に笑いかけると、ロイに助けてもらって運転席にすわった。ロイが続いて車に乗りこむやいなや、アガサはタイヤを鳴らし、砂利をまきちらしながら発進した。

「ああ、どきどきした」アガサは言った。「停止したらすぐに、あのステッカーをフロントウィンドウからはがすわ」

「これからどこに行きますか？」

「アンクームに戻って、ぶらついてみましょう。その猫を見かけるかもしれない」

「まだ食事をしていないし、おなかがぺこぺこですよ」

「アンクームのパブで食べましょう」

「ぼくが料理をすることになっている食材はどうなるんですか？　今夜の列車でロンドンに戻らなくちゃならないんです」

「また今度ね」アガサは言った。

ジェームズとザックはあまりいっしょにいないようにしようと決めていた。〈キツネを救え〉のメンバーに、大酒飲みのビリー・ガイドと呼ばれる男がいた。ジェームズは彼をターゲットにして、好きなだけ酒をおごってやった。

アガサがメアリー・オーエンと話してから一週間後、ジェームズは再び会合に参加して、グループの次の遠征地がアンクームの泉だと知って鼓動が速くなった。きれいな目を輝かせたシビルはセメント袋を持っていって、それを泉の水盤に流しこもうと提案した。

それはミネラルウォーター会社よりも村の環境を破壊する行為だとジェームズは指

摘したかったが、沈黙を守っていた。どうしてこのグループは動物から泉の水に関心を移したのだろう？　誰かが彼らの行動に資金を援助しているにちがいない。シビルはいつもの場所でバスがメンバーを拾うと説明した。

彼女の演説をいい加減に聞きながら、本人は自分の言っていることをひとことでも信じていないのではないかと、ジェームズは思った。

さまざまなメンバーが熱弁をふるった。ジェームズはあくびを噛み殺した。立ち上がったとき、トレヴァーがマスコミには連絡してあるのかと質問した。

「いいえ」とシビル。「泉にセメントを流したら、電話するわ」

「ちょっと待ってくれ」ビリー・ガイドがろれつの回らない声で言いだした。「水盤がセメントで固められたら、泉の水はあの女性の庭を水浸しにするってことだろ――なんて名前だっけ――トインビーだ」

「ざまあみろよ！」シビルが叫んだ。「商業主義にイギリスの村を汚させたのは、あの女のせいなんだから」

とうとう会合は終わった。ジェームズはビリーに近づいていった。「一杯どうだ？」

「いいとも。だけど、ちょっと懐が寂しいんだ」

「おごるよ」

「ありがたい」

「ここからちょっと歩いて、パブを見つけよう」ただ酒のためならビリーはどこにでも行くと承知の上で誘った。

パブへの道すがら、ビリーは言った。「女房にいつもビールの臭いをさせて帰ってくるって、文句を言われてるんだ」

「ウォッカを飲もう」ジェームズが言った。「臭いがしないからね」

そして、神よ許したまえ、と心の中で思った。この役立たずが結婚しているとは夢にも思わなかったのだ。ビリーはすでに酒の醸造所のような臭いをプンプンさせていたが、ジェームズは彼を酔っ払わせて口を軽くさせることにしか興味がなかった。ただし、考えたりしゃべったりできないほどには酔っ払ってほしくなかった。

「結婚して長いのかい？」ジェームズはたずねた。

「十年だ」

「子どもは？」

「四人」

「仕事をしてないんだろう？　どうやって食ってるんだ？」

「女房が掃除に行って、義理の母親が子どもたちの世話をしている」

女性解放とはほど遠いな、とジェームズは苦々しく考えた。

ビリーは人生の不平等について長々ととりとめもない独白を始めた。

とうとうジェームズは口をはさんだ。「どうしてこの〈キツネを救え〉に入ったのかい?」

「飲み代をもらうためさ」

「キツネを救うことには興味があるのか?」

ビリーはずる賢そうな笑みを浮かべた。「もちろん。かわいいやつは助けてやらないとな」

「どうしてこの泉にそんなに関心を持っているか、わたしには理解できないんだ。誰が金を払ってくれるんだ?」

「知ってるだろ、ジム。おれたちはデモに行って、ちょっと殴り合う。で、四十ポンドもらう。悪くない」

「だけど、われわれに払う金はどこから出てるんだろう?」

「知らないことになってるんだ。だけど、聞いたところじゃ……」

ビリーは空のグラスにちらっと視線を向けた。

「お代わりをとってくるよ」ジェームズはすばやく言った。

ウォッカを二杯持って戻ってきた。ビリーは決してべろんべろんに酔わなかったが、しらふのときも一度もなかった。倒れずに大量の酒を飲む能力を備えているようだった。ジェームズ自身がかなり酔っ払ってきたので、可能なうちにビリーからできるだけ情報を引き出したいとあせった。

「誰が金を払ってくれるか話してたね」ジェームズは水を向けた。

「そうだったか?」ビリーはふいに猜疑の目でジェームズを見た。「あんたみたいな気取ったやつが、おれたちとつるんでどういうつもりなんだ?」ジェームズはアクセントを隠す努力を放棄してしまっていた。

「殴り合いがおもしろいからだ」

「おれもそう思ってるんだ」ビリーはグラスを掲げた。「あんたに乾杯」

「で、誰が払ってくれてるんだ? 治安妨害の罰金は言うまでもなく」

ビリーは身をのりだした。「シビルとトレヴァーはそのことをおれたちに内緒にしておきたがっているんだ。スパイごっこみたいなもんだな。だけど、シビルが『オーエンからお金をもらったわ』って言うのを聞いたことがあるぜ」

メアリー・オーエンか。驚いたね、と興奮を押し隠しながらジェームズは思った。ほっとしたことに、バーテンダーが叫んだ。「閉店です、みなさん」どうやら、ぎりぎりで情報を引き出すことができたようだ。

パブの外でビリーに別れを告げると、急いで一時的に借りている部屋に戻った。疑いをそらすために二、三日うろついてから、カースリーに戻ってビル・ウォンに会い、殺人事件を解決したと伝えよう。メアリー・オーエンが泉に対してそれほどの熱意を抱いているなら、殺人だってやりかねない。ジェームズはビルに伝えるときに、アガサにもその場にいてもらいたかった。

ザックのことをちらっと思った。たぶんザックに話すべきかもしれない——だが、手柄を独り占めしたかったので、黙っていることにした。

ジェームズは泉への攻撃が予定されている前日の早朝に、カースリーに戻ってきた。ビル・ウォンに電話して、午前十時に訪ねきてほしいと告げた。いや、電話では話せない。アガサもいっしょにその話を聞くのが公平だから。

アガサのコテージを訪ねて、家に来てほしいと招待することにした。まるでポアロのような気分だったので、大理石の暖炉の前の敷物に立って殺人がどんなふうに行われたかをみんなに語れるような書斎がないことが、つくづく残念だった。

しかし玄関を出たとたん、アガサの家の前に車が停まっていることに気づいた。ミネラルウォーター会社の青年だ。しかも、早朝に訪ねてきたのではなく、ここで夜を過ごしたにちがいない。

セックスのあとのけだるい眠りを貪《むさぼ》っていたとき、アガサは甲高い電話のベルの音で目を覚ました。

受話器をつかんだ。

「アガサ！」ジェームズだった。

「はい？」

「殺人について、きみとビル・ウォンに話したいことがあるんだ。今朝十時にうちに来られるかな？」

「ええ」

「じゃ」

「誰だったんだ？」ガイが伸びとあくびをしながらたずねた。

「隣の人。服を着なくちゃ」

彼女はバスルームに行き、洗面台にのりだし、鏡に映るむくんだ顔ともつれた髪をしげしげと眺めた。若かったときは、一晩愛し合ったあとは肌がつやつやと輝いていたものだ。でも年をとった今はたんに目の下のたるみが目立ち、口の両脇の法令線が深くなっただけに思えた。

ジェームズはどういう用件だろう？　それに、どうして、よりによって今朝、電話をかけてきたのだろう？

顔を洗って服を着ると、念入りにメイクをしてキッチンに下りていった。そこではガイが彼女のフリルつきのガウンを着てテーブルにつき、コーヒーを飲んでいた。ガイはアガサに温かい微笑を向けた。アガサはまばたきしながら彼を見た。また彼とベッドを共にしたりしなければよかったと悔やんだ。でも、ジェームズはずっと留守にしているみたいだったし、ゆうべは二人ともディナーのときにすっかり酔っ払ってしまったのだ。

そもそもガイは少しでもわたしに愛情があるのかしら。あの変わり者の準男爵、チャールズはアガサを気楽なベッドの相手とみなしていたようで、彼女をからかったり笑いものにしたりしたが、彼なりに純粋な好意を持っていたように思えた。でも、ガイは演技をしているかのようだった。

アガサはキッチンの時計を見た。十時五分前。「出かけなくちゃならないの」早口で言った。「一人で帰ってもらえる？　だいたい、オフィスに出勤するのがこんなに遅くなって困らないの？」

ガイは笑った。「経営者でいることの利点のひとつは、オフィスに遅く出勤できるところだよ」

アガサはガイにかがみこむと、頬に軽くキスした。「あとで電話するわ」そう言って、家を出た。

夜のあいだずっと雨が降っていたので、空気はさわやかですがすがしかった。そのせいでアガサは自分が汚れ、堕落したように感じた。ジェームズとあらかじめ少し話をしたいと思っていたのに、彼の家の玄関の外に立つと、ちょうど到着したビル・ウォンといっしょになった。

ビルとアガサは、ドアを開けたブロンドの髪にピアスをつけたジェームズを啞然として見つめた。

「どうしちゃったの?」アガサはたずねた。

「変装の一部だよ」ジェームズは言った。「ずっと身分を隠して調べていたんだ。入ってすわってくれ。誰がロバート・ストラザーズを殺したかを話すから」

「じゃあ、一人で調べていたのね」アガサは顔が火照ってきた。

「首にキスマークがついてるよ」ジェームズは冷ややかに指摘した。

「ちょっと、そんなことは関係ないでしょう」ビルがたしなめた。「これから重要な話があるんですから」

全員がすわった。アガサとビルはソファに、ジェームズはその向かいのお気に入りの肘掛け椅子に。

「わたしは〈キツネを救え〉に潜入していたんだ」ジェームズが口を開いた。

「じゃあ、テレビで見たのはやっぱりあなただったのね」アガサが叫んだ。

「バーベキューのとき？　そう、わたしだった」ジェームズは得意そうだった。「さて、探りだしたことがあるんだ。連中は明日、泉に行って、水盤をセメントでふさぐつもりなんだよ。しかも、それだけじゃない。デモの費用を誰が支払っているのか探りだした。メアリー・オーエンだ」

「でも噂によると、彼女はお金に困っているんでしょ」アガサが言った。「そんなお金を出す余裕はないはずよ」

「村のゴシップなんて、たいていはいい加減だよ」ジェームズが頭ごなしに言った。「あの連中に騒ぎを起こさせるために金を支払う人間なら、この一件にかなり入れ込んでいるにちがいないから、ストラザーズを殺してもおかしくない」

アガサはふいにジェームズのぞっとするような漂白した髪とピアスに感謝した。そのおかげで、彼を見知らぬ人だと思えそうだった。そして、ふいにどっと疲れを覚えた。今の望みはガイがとっとと帰ってくれていて、自分のベッドにもぐりこんで眠ることだけだった。

「この件をザックに報告しましたか?」ビルが鋭くたずねた。

「ザックって誰なの?」アガサがたずねた。

「ジェームズに身分を明かした潜入捜査員ですよ」

二人はジェームズを見た。「彼に接触する時間はなかった」

「明日の抗議活動については彼から聞いています」ビルが言った。

「じゃあ、あなた、ずっとジェームズがどこにいるのかを知っていたのね」アガサが怒って言った。

「しかしザックはメアリー・オーエンのことを知らなかった」ジェームズは急いで言った。「わたしは酔っ払ったメンバーから聞きだしたんだ」

「彼女を取り調べますよ。ただし彼女にはアリバイがあるんです。殺人のあった夜、ミルセスターの妹のところに泊まっていたんです」

「妹は姉をかばって嘘をつくかもしれないわ」

「あなたは妹のミセス・ダーシーに会っていませんからね。まっすぐで正直な人です。でも、もう一度アリバイを確認しますよ」

「このことを話してくれればよかったのに、ジェームズ」アガサは言った。「これまでいつもいっしょに調査をしてきたでしょ」

「きみがツバメと遊ぶのに忙しくなければ、そうしただろうけどね」

「もうよしましょう」ビルが立ち上がった。「行きましょう、アガサ」

二人が帰ってしまうと、ジェームズはイヴシャムの美容院に電話して、髪の毛を元のありふれた色に戻してもらう予約を入れた。自分が狭量でけちくさい人間に思えた。ビルの言うとおりだった。ザックに話すべきだったのだ。


アガサがコテージに戻ると、電話が鳴っていた。かけてきたのはロイ・シルバーだった。

「そちらの状況はどうかと思ってかけてみたんです」ロイは陽気に言った。

「殺人？　それとも水のこと？」

「殺人です」

アガサはジェームズについて話した。ロイは熱心に耳を傾けてから言った。「それはちょっとひどいなあ」

アガサはロイに対してやさしい気持ちがこみあげてきた。「週末にこっちに来て、デモを見物に行かない？」

「いいですね。早朝の列車に乗ります」

電話を切ったとき、アガサはぐっと気分がよくなっていた。過去にロイがどんなにとんでもないことをしたとしても、彼はいつもまたひょっこり現れるし、今のアガサは話し相手がほしい気分だった。ガイのことを思いだし、心の中で毒づいた。ジェームズの家を出てから茫然としていたので、ガイの車がまだ外にあるかどうか確認もしていなかった。

「ガイ！」階段の上に叫んだ。

返事はなかった。ほっとため息をもらすと、アガサは二階に行き、ベッドのシーツをはいで、新しいシーツ、枕カバー、掛け布団カバーをかけた。それから服を脱ぎ、ベッドにもぐりこむと、たちまち夢も見ないほど深い眠りに落ちていった。一時間後、階下で電話が鳴っているのがかすかに聞こえた。寝室の電話は切っておいたのだ。電話が鳴り終わるのを待ってから、また眠りに戻った。

隣のコテージでは、ジェームズが受話器を置いた。いっしょにイヴシャムに行こうとアガサを誘うつもりでいたが、留守番電話サービスに切り替わったとたん受話器をおろしたのだった。

翌朝、アガサはモートン・イン・マーシュ駅でロイ・シルバーの到着を待っていた。雨がプラットフォームを激しくたたいている。

出発直前に、ガイから大きな花束が届けられた。あとで活け直そうと考え、花束はバケツの水に放りこんできた。ハンサムな男性が花を贈ってくれたのに、どうしてこんなに気が滅入るのだろうと首をかしげた。

グレート・ウエスタン鉄道の列車がなめらかにプラットフォームに滑りこんできた。ロイはコーデュロイのパンツにスポーツシャツ、Vネックのセーター、バーバリーのコートという珍しくまともな格好だった。

「やあ、アギー」彼女の頰に熱烈なキスをした。「村祭りのときはこんな天気じゃないといいですね。雨だったらどうしますか?」

「大テントを貸しだしている会社に連絡をとってあるわ。天幕の飾りつけと、暖房器具も必要ね。雨がざあざあ降っているときに湿ったテントにぎゅう詰めになっているのほど憂鬱なことはないもの。フリーモント兄弟はオーケストラを呼びたがっていたけれど、カースリー村のバンドの方が伝統的だと言って思い直させたわ。実際とても上手なの。派手な催しにはしたくないのよ。お天気がいいときは、村祭りの日も雲ひとつない晴天だと想像できるけど、こういう天気だと、泣きわめいている子どもだらけの湿っぽくてぞっとする催しが目に浮かぶわ」

「当日になればわかりますよ。それより、どうしたらメアリーにお金があるかないか調べられるだろう？」

「アンジェラ・バックリーに訊いてみればいいわ。彼女はとてもはっきりと物を言うから。でも、考えてみたら、首を突っ込むなと警告されていたんだった」

「へえ、どうしてあなたを追い払おうとしたんでしょう？　何か隠したいことがあるにちがいないですよ。彼女に会いに行きましょう」

「いいわよ。まずあなたの荷物を置いて、コーヒーを飲みましょう」

客用寝室に荷物を運んでしまうと、ロイはキッチンに下りてきた。

バケツの花束を見て、アガサがテーブルに放りだしたままだった花屋のカードをつまみあげた。「へええ。ガイから愛をこめて。それって、例のイケメンのガイ・フリーモントじゃないですよね？」

「わたしたちは仕事上、親しくしているから」アガサはつっけんどんに答えた。

「そういうことにしておきましょう」ロイはコーヒーのマグを受けとった。「このアンジェラに会ってから、泉に殴り合いに行くんですよね。メアリー・オーエンは本当に金持ちなのかな。ジェームズにたずねてみたらどうですか？」

「いやよ」

「どうぞお好きなように。あれ、日が射してきたようだ」

アガサは窓辺に近づき、外をのぞいた。庭のやぶや花が水滴できらめいている。

「猫を外に出してやれるわ」彼女は裏口を開けた。ホッジとボズウェルはドアから出ていき、茂みに姿を消した。

「猫ドアをつけてあげますよ」ロイが言った。「ぼくはDIYが得意なんです」

「どうしても猫ドアはつける気になれないの。小さくて細い泥棒が夜にそこから忍びこんでくるんじゃないかと心配で」

「どうぞお好きなように」

三十分後、二人はアンクームに向けて出発し、雨で洗われたばかりのまばゆい田舎の風景の中を走っていた。アガサは車の窓を開けた。空気には花の香りが濃厚に漂っていた。

水たまりを抜けて走ると、車の両側に水しぶきが飛び散った。ロイはめりはりのない甲高い声で楽しげに歌を歌いはじめた。

「わたしはのんびりするのが苦手なの」アガサが言った。

ロイは歌を止めた。「どうして？」

「こういうお天気の日には、猫たちと庭にすわって本を読むか、ただぼうっとしているべきよね。でもいつも、何かしらやっている気がするわ。怠けていると、うしろめたくなるのよ」

「じゃ、スポーツをすればいいですよ、テニスとか。ウエストをひきしめるのにもいい。首のその跡って嚙まれたんですか、アギー？」

「虫刺されよ」

「へえ、ほんとに？　その手の虫なら知ってます。ロンドンにもいますよ」

「さあ、アンクームに着いた」アガサはさっさと話題を変えた。「バックリー農場はこっちの方よ」

まもなく農場の私道にガタゴトと入っていった。「金回りがよさそうですね」ロイが言った。

「農場主に限ってはわからないわよ。みんながみんな、裕福で理想的な暮らしは送れないわ。さもなければ、あんなに自殺する人は出ないでしょ」

「動物を殺すせいじゃないかな。肉を食べる人って、ぼくの知り合いにはそんなにいませんよ。ぼくは食べません。それに、豚肉を食べたがる人はめったにいないって何かで読んだな。ベーコンは食べるけど、ポークチョップは人気がないらしい」

「理由を教えてあげるわ。味がするポークチョップを食べた記憶がある？　まさか動物の権利を守るグループに入るつもりじゃないでしょうね？」

「まさか。ぼくはただあまり肉が好きじゃないだけです。不健康な感じがするから」

「着いたわ」アガサは農場のドアの外に車を停めた。「あれがアンジェラよ」

アンジェラ・バックリーはシャツを着た胸の前でたくましい腕を組んで、二人の方を見ていた。がっちりした脚はコーデュロイのパンツに包まれ、足にはカウボーイブーツをはいている。

「闇夜に彼女と会いたくないな」ロイがつぶやいた。

二人は車を降りた。アガサはロイを紹介した。

「何の用なんだい？」アンジェラが語気荒くたずねた。「まだ関係のないことを嗅ぎ回っているんじゃないだろうね？」

「メアリー・オーエンが〈キツネを救え〉にデモをさせるための資金を提供していて、連中が今日の午後、セメントで泉を固めるつもりだって知ってます？」

「何だって？　中に入った方がいいね。やかんをかけたところなんだ」

「気に入りました」ロイが農場のキッチンを見回して言った。「本当に田舎風だ」

アンジェラは軽蔑のまなざしを彼に向けた。

「で、メアリーの件は何なんだい？」アーガ製のレンジからやかんをとると、コーヒーを淹れる作業を続けた。

ロイは不安そうにその手元を観察していた。アンジェラのコーヒーの淹れ方は、コーヒーの粉をスプーンでポットに入れ、沸騰したお湯をそこにドボドボ注ぐというものだった。せめて粉が落ち着くのをそっと待ちますようにとロイは祈ったが、彼女はすぐさま長いスプーンでぐるぐるかき回した。アガサはブラックで、ロイはミルク入りを所望し、まもなくロイはコーヒーの粉末が回転しているカップをげっそりしながら見下ろした。

アガサは改めてメアリーについて説明した。「あのばあさん」アンジェラは憤慨して言った。「警察が逮捕してくれればいいのに」

「取り調べているわ」アガサは言った。「だけど、フレッド・ショーがメアリーは破産したので、ロバート・ストラザーズと結婚したがっていた、と言っていたので、頭を悩ませているのよ。もし破産しているなら、どうやってこうした人たちに支払いができるの――賃金、輸送費、それにセメント代や罰金は言うまでもないわ」

「フレッド・ショーが何もかもでっちあげたんだよ。メアリーが屋敷に住んでいるのに家にあまりお金をかけていないって、しょっちゅう馬鹿にしているからね。掃除もすべて自分でやるし。メアリーがロバートじいさんと結婚したがっていた、と言ってたのかい？」

「そうよ、ジェーン・カトラーも彼を狙っていたと言ってたわ」

アンジェラの顔が険しくなった。「それなら信じるよ。あの強突張りのばばあめ」

「メアリーがストラザーズを殺したという可能性はないかしら？〈キツネを救え〉に資金援助するほど、泉に対して強い思い入れがあったにちがいないわ」アガサはティッシュをとりだして、唇についたコーヒーの粉をふきとった。

「メアリーは自分の意思が通らないことで、かなり彼に腹を立てていたようだよ。しょっちゅうロバートとワインを飲み食事をしていたけど、それは彼を自分の思いどおりにしたかったからだよ。でも、ロバートはどっちに決心したかを絶対に話そうとせず、いらだちのあまり彼女は頭がどうかなりそうだった」

「どうしてこのまえ、わたしに首を突っ込むなと言ったの？」

「なぜなら」アンジェラは噛んで含めるように言った。「人の私生活をほじくり返しはじめたら、たくさんの人が傷つく。その必要もないのに」彼女はロイをにらんだ。

「あんたはいったい何者なんだ？」

「アギーの友人で、週末をこっちで過ごしに来ているんです。ぼくとアギーは古いつきあいなんですよ」

「古いつきあいをするにしちゃ、あんた、若すぎるよ。ひとかどの人物に見られようとして、もったいぶったふりをしてもむだだよ」

「もう、いい加減にして」アガサが叫んだ。「この村じゃ、侮辱せずには会話ができないの?」

「隠しておきたいようなことを見つけようとして他人の私生活を嗅ぎ回るなら、最低だと思われて当然だろう」アンジェラが言い返した。「さて、あたしは忙しいんだ。もう帰ってもらえないかな?」

「まったく!」走り去りながらロイが言った。「ここの土には、人を嫌味なひねくれ者にする成分が含まれているんですか? 他の人にも会いに行きますか?」

アガサはダッシュボードの時計を見た。「いいえ、ランチをとりましょう。それから泉に見物に出かけるわ」

ランチを食べながら、ロイは白い毛の猫について何かわかったのか、とたずねた。

「いいえ、わたしの知る限りでは」アガサは言った。「覚えてるでしょうけど、警察はさんざん探したらしいわ」

遠くから警察のサイレンの音がした。「デモ隊が到着したんだ」ロイが言った。「元気を出して、アギー。これでまたアンクームがニュースになりますよ」

二人はパブの外に車を停めたまま。泉まで歩いていった。村人たちもサイレンに驚いて集まってきていた。

アガサは警官と話しているビル・ウォンを見つけ、彼のところに行った。ビルはアガサをかたわらにひっぱっていった。「メアリー・オーエンには鉄壁のアリバイがありました」

「だけど、妹なら姉をかばうわ、そうでしょ？」

「近所の人たちにも目撃されているんですよ。あの夜カーテンが引かれていなかったので、二人の姉妹がディナーをとりながらしゃべっているのが外から見えたんです」

「くだらない。もう一度訊くわ。もうメアリー・オーエンを逮捕したの？」

「いいえ、こういうグループに資金を出すことはなんら違法じゃありませんから。メアリー・オーエンが行動を起こすように命じたと、誰かが白状しない限り、こっちは何もできません。それにメアリーは破産したというのはただの噂で、銀行を調べてもかまわないと言っています」

「彼女が資金を出しているとジェームズに話した男はどうしたの？」

「ビリー・ガイドですか？　運がよければ、他の連中といっしょでしょう。おや、ジエームズが来た」

ジェームズとアガサはそっけない会釈を交わし合った。

「デモ集団が来たぞ」ロイが言った。

彼らを運んできたバスが道の少し先で停まった。思いがけず警官が大勢いる様子を数人がにらんでいるのが目に入った。しばらく議論しているようだったが、バスのドアが開いた。セメントの袋を抱えて、四人の男が現れた。

他の連中を後ろに従えて、彼らは泉に向かった。今では元の髪の色に戻ったジェームズはビル・ウォンに言った。「ビリー・ガイドはあの中にいないな。それにザックはどこだろう？」

「彼はもう撤退しました。われわれがここにいるのを見て、連中は内通者を探しだすでしょう。たぶん、あなただと思っているかもしれないが、ザックを疑うかもしれないし、彼もあの仕事にはうんざりしていましたからね。ビリー・ガイドはあなたにおごられたあとで、膵炎《すい》になって病院に運ばれましたよ」

一人の警官がセメント袋を持った四人の前に立ちはだかった。「それをどこに持っていくつもりだ？」

「進め！」シビルが背後から叫んだ。「ブタどもに止められるんじゃない」

抗議者たちが驚いたことに、警官はわきに寄った。彼らは泉に行進していき、一人がセメントの袋を切り開いた。

もちろん、警察はそのときを待ちかまえていたのだ。泉をせき止めた現行犯で逮捕しなくてはならなかった。男たちは捕まえられ、袋はもぎとられた。二十人ほどの他の抗議者たちは警官隊に襲いかかり、蹴ったり殴ったり目玉をえぐりだそうとしたりしはじめた。

シビルは二人の警官によってジェームズのわきをひきずられていった。彼女は通り過ぎるときにジェームズを見て、はっと気づき、彼の顔にまともに唾を吐きかけた。

「あの娘に心から共感するわ」アガサはつぶやいた。

6

アガサはその週末のあと、ロイといっしょにロンドンに行った。ジャーナリスト連中はきわめていい加減なので、村祭りにやって来ることをころっと忘れかねないと予想したのだ。したがって、村祭りのことを思いださせ、必ず来るように脅しつけておく必要があった。それにカースリーから、ジェームズとガイから逃げだす口実が必要だった。

案の定、ジャーナリストたちは、水の新発売を祝う田舎の村祭りに参加することに熱意を失いかけていた。アガサはまずそれに気づき、泉をせき止める企てについて報告したが、テレビ局も全国紙も、騒動を撮影したり、写真を撮ったりするのに間に合わなかった。そこで狡猾にも、村祭りの日に殴り合いが起きる可能性をほのめかし、かわいらしい子どもたちが抗議者たちに蹴散らされ、村の女性たちが恐怖に悲鳴をあげて逃げまどうおぞましい場面をありありと語ってみせた。おかげで村祭りへの関心

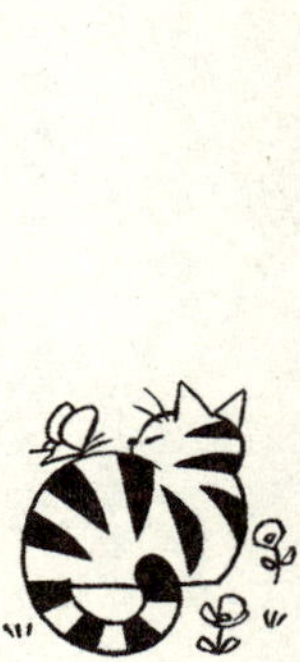

が再び燃えあがったので、アガサ自身が抗議者に来てくれるようにお金を支払ってもいいかもしれない、と思うほどだった。

週末までには、万事ぬかりなく手を打ったと確信できたので、そろそろ引き揚げることにした。そのとき問題が起きた。村祭りの開会宣言をすることになっていた映画スターのジェーン・ハリスが参加しないと言いだしたのだ。エージェントが電話してきて、ミズ・ハリスはアンクームの殺人事件とデモ行進についての記事を読み、イギリスの田舎の生活は守られるべきだと考えているので抗議者に共感してしまったと伝えた。

「あの馬鹿女はチェルシーとロスを行ったり来たりしているくせに」アガサはわめいた。

エージェントは電話を切った。

仕事の勘が鈍ってきているんだわ、と惨めになった。今から誰に頼めるかしら？いい人がいなかったら、フリーモント兄弟はわたしとの契約をキャンセルするだろう。

電話が鳴った。ミセス・ブロクスビー、牧師の妻だった。「どうして番号がわかったの？」アガサはたずねた。

「番号を書き置いていったでしょ、覚えてない？　調子はいかが？」

「あまりよくないわ。足止めを食いそうなの。ジェーン・ハリスがキャンセルしてきたのよ。彼女にミネラルウォーター会社のことを話していなかったせいだわ。代わりを見つけなくちゃならない」

長い沈黙が続いた。

「まだそこにいるの?」アガサがたずねた。

「考えているのよ」

アガサはため息をついた。牧師の妻のことはとても好きだったが、どうやって彼女が手助けできるというのだろう?

「思いついた」ミセス・ブロクスビーが言った。

「何を?」

「プリティ・ガールズよ」

「かわいい女の子《プリティ・ガールズ》って誰のことなの?」

ミセス・ブロクスビーは笑った。「あなたよりも流行に詳しいとは思ってもみなかったわ。ポップグループよ。ヒットチャートのナンバーワン。新しいタイプのポップシンガーで、とてもかわいくて、古めかしい服を着ているの。慈善事業にも熱心よ。村祭りでは誰がお金を儲けるの?」

「ミネラルウォーター会社だと思うわ」

「そのお金でエイズを救うと言えば――プリティ・ガールズは支援してくれるわよ。スケジュールが空いていれば来てくれると思うわ。集客力がすごいのよ。動物の権利についても支援しているから、村祭りに参加してもらうだけで環境保護団体に対しても体面を保てるわ」

「あなたは天才よ」アガサは言った。「すぐに交渉するわ」

何本か電話をかけた結果、プリティ・ガールズの参加を確定させ、アガサはおおいに満足した。それからミルセスターのミネラルウォーター会社に電話して、ピーター・フリーモントにつないでもらった。

「ジェーン・ハリスは村祭りにふさわしい人間じゃないと思うんです」アガサは嘘をつくことにした。ジェーン・ハリスが参加を断ってきたことで、自分のビジネス能力にケチがつきかねないと思ったのだ。「そこでプリティ・ガールズを押さえました」

「見事な手腕だ、アガサ。いったいどうやって参加させることができたんだ？」

「村祭りの収益をエイズ基金に寄付することになっています」

「コストを差し引いたあとでだね？」

「もちろん」

「本当にどういう手を使ったんだろう。彼女たちはヒットチャートのナンバーワンなんだよ」

「そうですね」このアイディアをミセス・ブロクスビーの手柄にしないことに罪悪感を覚えたが、PRは競争の厳しい世界だったから、そのポップグループについて聞いたことがなかったのを認めたくなかった。アガサのポップグループへの関心は、引退して彼らを担当しなくなったときに消えてしまったのだった。

その後、プリティ・ガールズは流星のようにわずかひと月で有名になったと知り、そのせいで知らなかったのだと少しほっとした。ともあれ、この新たな情報をジャーナリストたちに知らせて回るためにロンドンに残った。今回はエンターテインメントページを担当するジャーナリストを選んだ。

アガサは地元の貴族、老ペンドルベリー卿にも参加を頼んでおいた。子どもの芸能コンテストで賞品を渡してもらうためだ。

カースリーに戻ったときには、最盛期を上回る勢いでPRの仕事をした気分になっていた。

七月の天候は完璧だった。毎日毎日いい天気が続いた。アガサはずっと忙しく過ごしていた。ガイとの関係は終わらせようと決意していたが、たまたま会ったときの冷たく厳しいジェームズの表情を目にすると、たちまちガイとの気楽な関係に戻ってしまった。ただ、年のちがいが気になってならなかった。エステの予約をすべてこなしても、若々しい外見を保つことにストレスを感じた。気がつくと同世代の女性たちをじっくり観察して、中年女性が着るような服を避けるようになった。たとえば、以前にもオバサンぽいと感じたベルベットのパンツスーツとかだ。それどころか、中年女性はスリムで若々しい外見でなければ、すべてのパンツスーツはだめだ、という結論を出した。それからストライプのフランス風セーラーセーターも。ノエル・カワードの歌に出てくる地味な未亡人、ミセス・ウェントワース・ブリュースターみたいだ。

しかし、年をとることのさまざまな不安と、村祭りのあれやこれやの手配で頭がいっぱいだったおかげで、ジェームズは心の奥のどこかに埋もれ、ちっぽけなかすかな痛みでしかなくなった。

すばらしい天候は八月になっても続いた。殺人事件と存在しないペルシャ猫のことは忘れ去られた。泉の商業化に反対するデモ行進も、もう行われなかった。

とうとう村祭りの前夜になった。アガサは会場をパトロールし、大テントをチェックし、すべての手配を確認してロイと帰ってきた。天気予報はいささか心配だった。

にわか雨の予報だったが、おそらく明日の夜までは大丈夫のはずだ。その頃には村祭りは終わっているだろう。

アガサとロイはトールグラスに入れた冷たい飲み物を手にコテージの庭にすわった。

「あなたに連絡をとろうとしている人はいないのかな？」ロイがのんびりと言った。

「家に入って留守番電話をチェックした方がいいわね。あと少ししたら」

「それで、ジェームズとは完全に終わったんですか？」

「とっくの昔に終わっていたのよ。そのことは話したくないわ。メッセージをチェックしてくるわね」

アガサは家に入って、留守番電話サービスの番号をダイヤルした。ジェームズからの伝言があるのではないかと期待して、これまで何度この数字をダイヤルしたことだろう。「メッセージが三件あります」きどった声が言った。「お聞きになりたいですか？」

「ええ」アガサは言った。「もちろん聞きたいに決まってるでしょ。このアホ女」と怒鳴ってもむだだった。機械は侮辱を理解しないからだ。

最初のメッセージはロビーナ・トインビーからだった。彼女の声は張り詰めていた。

「どうか電話をください、ミセス・レーズン。とても重要なことなんです」

二番目のメッセージはアンクーム・ミネラルウォーター社の優雅な秘書、ポーシャからだった。彼女はアガサを嫌っていたので、その声には感情がなくよそよそしかった。「午前九時に実行委員用テントで、ミスター・ピーターと落ち合うようにお願いします」

三番目のメッセージはプリティ・ガールズのエージェントからだった。「災厄よね？もちろん、そちらには行けないわ。信じられる？　あの子たち、どうしてこんなふうに成功をだいなしにできるのかしら？」

アガサはエージェントのオフィスの番号を調べてかけてみたが、「お話し中」だった。ロイを呼んだ。「プリティ・ガールズのエージェントのキャロルからメッセージが入っていたんだけど、意味がさっぱりわからないの。電話もお話し中だし。こっちに来られなくなった、成功をだいなしにしたって言っているんだけど」

「テレビをつけてみて。そろそろニュースの時間ですよ」

アガサはスカイテレビをつけた。その前にすわったとたん、二人とも背中がこわばり、食い入るように画面に見入った。

トップニュースだった。プリティ・ガールズがパーティーを開いていたフラムの家を警察がガサ入れし、大量のエクスタシー、ヘロイン、アンフェタミン、大麻を押収したのだ。グループのリーダー、スーは過剰摂取で意識を失い、戸棚に押しこまれているのが発見された。続いて、このポップグループの短い経歴が紹介された。その名声は清く正しい家族的なイメージの上に築かれたものだった。

「どうしたらいいの?」アガサは蒼白になっていた。「こんなぎりぎりになってからじゃ、代わりの人間を手配できないわ」

「ペンドルベリー卿に頼るしかないでしょう」ロイが言った。

「だけど、これがどういう意味なのかわからない?」アガサがわめいた。「マスコミは来ないでしょう、全国紙はね。地元紙だけ。プリティ・ガールズがいるから大丈夫だと思って、最後にマスコミに念押ししておかなかったの。すぐに始めた方がいいわ。どう言ったらいいかしら?」

「こうなったら、さらに殺人事件が起きるかもしれないとほのめかす。それにデモ行進をほのめかす」

アガサはあらゆる新聞社とテレビ局に電話をかけはじめた。そしてこんなふうに言った。「例の動物の権利を守る人たちが会場を破壊しないことを祈っているの。何百人もがデモ行進をするって脅してきているのよ。アンクームではこのあいだ殺人事件があったから、またそんなことが起きないよう祈っているわ」アガサが疲れると、ロイが引き継いだ。

それからガイに電話した。「ニュースで見たよ」ガイは言った。「これをプラスに変えられるように期待しよう。あなたのせいじゃないよ、アガサ」

不幸は不幸を呼ぶとはよく言ったもので、翌朝アガサとロイが目覚めると、低い空から激しい雨がざあざあ降っていた。

ロイはアガサを慰めようとした。「雨の手配はしてあったでしょう、アギー。大丈夫、すべてのイベントは大テントの中でやれますよ」

「だけど、村のバンドに先導されて泉までパレードする予定だったのよ」アガサは嘆いた。「そのためには晴れた日を予想していたのに。これじゃ、傘をさした人の列が押し合いへし合いすることになるわね」

「ベストを尽くすしかないですよ」ロイは嘆息した。


アガサはフリーモント兄弟に天候のことでなじられると覚悟していたが、二人ともまったく冷静で陽気だった。「実に楽しそうな祭りだ」ガイは言った。「それにたくさんの人たちが詰めかけてきたね」

「マスコミはどうかしら？」

「マスコミ用テントで飲んで、すっかりできあがっているよ」

「顔を出してきた方がいいわね。行きましょう、ロイ」

アガサはマスコミ用テントに入りながら、集まったジャーナリストをすばやく値踏みして心が沈んだ。〈バーミンガム・マーキュリー〉——まあ、いい新聞だが——〈コッツウォルズ・ジャーナル〉、〈グロスター・エコー〉、それにミッドランズ・テレビ、とすべて地元新聞、地元テレビ局ばかりだった。全国紙、キー局はどこにいるの？

アガサは彼らのあいだを歩き回り、陽気におしゃべりした。十一時にメインテントでペンドルベリー卿が開会を宣言することになっていた。それから、お客たちは屋台で買い物ができるだろう。正午に村のバンドが泉までパレードする。

ペンドルベリー卿のスピーチを聴くためにメインテントに行くと、アガサは何もかもが哀れな失敗に終わったことを知った。テント内に花を飾り、ヒーターを入れたにもかかわらず、雨がすべてを湿っぽくしていた。地面はぬかるみ、踏みにじられてぐちゃぐちゃで、寒かった。凍てつくような風が吹きこんできて、濡れたキャンバス地をはためかせた。

ペンドルベリー卿は第二次世界大戦中の軍務について長くて退屈なスピーチをした。

ひとこともミネラルウォーター会社について触れなかったので、どうしてここにいるのかを完全に忘れてしまったにちがいないと、アガサは確信した。赤ん坊が泣きはじめた。小さな男の子が姉のむこうずねを蹴飛ばした。姉が悲鳴をあげると、いっせいに子どもたちがわめきだした。

プリティ・ガールズに会えると思ってわざわざバーミンガムからやって来たティーンエイジャーたちは缶ビールをあおり、不機嫌そうだった。

泉へのパレードの時間が来ると、アガサは逃げ出して隠れたくなった。彼女とペンドルベリー卿とフリーモント兄弟が行列を先導することになっていたが、もともとはプリティ・ガールズが先頭を歩く予定だったのだ。本来のその光景を、アガサは何度も何度もうっとりと思い浮かべたものだった。群集、笑い声、陽気なマーチングバンド、暖かい日差し。

ジェームズが軽食のテントで魅力的な女性としゃべっているのが見えた。相手が言ったことにうれしそうに笑っている。アガサは惨めさのどん底に落ちた。

ガイがすぐかたわらにやって来た。「ペンドルベリー卿のスピーチは聴いていた?」

アガサはたずねた。

「ちょうど酒でも飲もうとぶらついていたんだ。でも、結局飲まなかったが。さあ、パレードに加わろう」

「この雨でどうやってバンドは演奏するのかしら?」

「バンドリーダーが雨には慣れていると言ってたよ。マスコミに出発すると伝えてきて」

マスコミ連中はニュースネタがないので、裏話を交換し、酒をがぶ飲みすることでそれを埋め合わせていたらしかった。テントから出るのは気が進まないようだったが、カメラを手に、おとなしくアガサの後から雨の中に出てきた。

泉に近づいていくと、バンドは《明日に架ける橋》を演奏しはじめた。なんだか葬送歌みたい、とアガサは思って泣きたくなった。これは葬列みたいだ。

「ああ、大変だ」ガイがアガサの腕をつかんだ。

「どうしたの?」

「あれを見て!」

背後の音楽はしだいに止み、残りの人々を立ちすくませているものの正体がはっきり見えない後方のドラマーだけが、演奏を続けていた。

ロビーナ・トインビーが頭を下にして、庭の塀に覆いかぶさっていた。頭にぱっくりできた傷から血が流れだし、泉に滴り落ちている。ドラムがバスンバスンバスンとたたかれた。それから、しんと静まり返った。

一人の女性が高く長い大きな悲鳴をあげた。

騒然となった。

活気づいたマスコミ連中は群衆を押し分け、写真を撮りはじめた。

ガイは携帯電話をとりだすと、それをアガサに押しつけた。「静かな場所に行って、全国紙に連絡して——急いで！」

「だけど警察に——」

「そっちはぼくが連絡する。行って！」ガイはアガサをちょっと押した。

アガサは群集を迂回して、誰もいないマスコミ用テントに走っていった。すわってブランデーを注いでから、内心、自分の仕事にうんざりしながら電話をかけはじめた。

ロイがやって来たので、まだ電話していないマスコミのリストを彼に押しつけた。

「ぼくも手伝います。なんだか吐きそうです。気の毒な女性だ」

「ゆうべ彼女が電話してきたんだけど、プリティ・ガールズのニュースですっかり頭から吹っ飛んでしまったの」アガサは言った。

「気にしないで、この仕事を続けましょう。ピーター・フリーモントがマスコミ向けのスピーチ原稿を作ってほしいと言っていますよ」

アガサはブリーフケースを開いて、ノートパソコンをとりだし立ち上げた。ほとんど考えずに、文章がすらすら出てきた。「アンクームの水、命の水は成功をおさめるでしょう。なぜなら市場で最高のミネラルウォーターだからです。不幸な殺人にもめげず、われわれはミネラルウォーターの製造にのりだしました。すでに、いくつかの悪辣なライバル会社が、われわれのミネラルウォーターの発売をどんなことをしても妨害しようとしているという噂が伝えられています」などなど。

意識の隅でロイのしゃべっている声が耳に入ってきた。

目の前の酒のボトルのあいだでアンクーム・ウォーターは白く輝き、ラベルに黒で描かれた髑髏がずらっと並んで、彼女ににやにや笑いかけてきた。

「家に帰って、これをプリントアウトしてこなくちゃ」アガサは言った。

「持ってきましたよ」またひとつ電話をかけ終えたロイが言った。「つまり、ぼくのプリンターを持ってきているんです。バッグに入れて隅に置いてあります。とってきますよ」

「いつ全国紙は来るかしら?」

「現地の非常勤記者はすぐに来ますよ。それから本社の記者は交通状況にもよりますが、一時間半後には到着するでしょう。忙しくなりそうですね。ちょっと待って、アギー。すわって一杯飲みましょう。あなたはどうだか知らないが、今はこのいまいましい仕事が嫌でたまらず、平和部隊に入りたい気分なんです」

「あなたって本当はちゃんとした人間なのね、ロイ。実はわたしもまったく同じことを考えていたの」

「結婚してくれますか？」

アガサはふきだした。「本気のわけがないわね。すでにブランデーを飲んじゃったから、ブランデーで通した方がよさそう。長い一日になりそうだわ」

ロイはふたつのグラスにブランデーを注いだ。「あの雨の音を聞いてください。ますますひどくなっている。ああ、まいったな、全国紙に恐ろしいことが起こりそうだと言っちゃったでしょう。宣伝のために、ぼくたちかフリーモント兄弟があの気の毒な女性を殺したと、警察に疑われかねませんよ」

「さすがにそれはないでしょ。でも、ひとつ言っておくわ、ロイ。ガイ・フリーモントのことは見損なった。たしかにビジネスを守りたいという気持ちはわかるけど、わたしに携帯電話を渡して全国紙に連絡しろという前に、せめて警察や救急車を呼んでもいいでしょう」

「彼を好きだったんですか？」

「ちょっとね。たぶん――いいえ。浮かれていただけ。彼はずっと年下でとてもハンサムだし、ジェームズはずっと冷たくて、一人で調査に行ってしまったから。今はもうどうでもいいわ。ロビーナは好きじゃなかったけれど、誰がこんなことをしたのかしら？　それになぜ？　脅迫状を受けとっていたけど、まだ警察に見せていなかったみたいね」

「警察と言えば、その不朽の名文をさっさと印刷した方がいいですよ。まもなく警察が来るでしょう。容疑者らしき人間を見かけましたか？　犯行はパレードが始まる直前だったにちがいない」

「わからない、怪しい人なんて探していなかったもの。誰にも侮辱されなくてほっとしていたのよ」

ロイはプリンターをアガサのノートパソコンにつないだ。

スピーチが印刷されているあいだに、マスコミ用テントは人でいっぱいになった。携帯電話をかけている声が響き、酒のボトルとグラスのあいだにノートパソコンが広げられた。

「命の水だってさ」アガサは一人の記者が電話で怒鳴っているのを聞いた。「〝死の水〟でいい見出しになるぞ」

ポーシャがアガサのかたわらに現れた。彼女のツイードのスーツは体に貼りついているみたいだった。あんなにぴったりしているのにどうやって皺ひとつ寄らずに着こなせるのかしら、仕立て技術の魔法ね、とアガサは苦々しげに思った。「ミスター・ピーターのスピーチ原稿はできましたか？」ポーシャはたずねた。

アガサはプリンターのトレイから紙を集めて、彼女に渡した。「ガイがこのスピーチをした方がいいわ」

「どうして？」

「彼の方が見栄えがするから。テレビ映りがいいでしょ」

ポーシャはかがみこむと、ささやいた。「その年でガイに夢中になっているなんて、自分が哀れだと思わないの？」

「お黙りなさい」アガサは怒鳴った。

「どうしたんですか？」ロイがたずねた。

「気にしないで。もう全員に電話をかけ終えた？」

「ええ。それに、かけた相手は地方ニュース部に連絡していて、地方ニュース部はロンドンに連絡している。もう全員が知っていると思います。いずれにせよ、ラジオのニュースで報道されるでしょう」

その後は狂乱状態で一日があっという間に過ぎていった。ピーター・フリーモントがアガサの作った原稿でスピーチをした。いたるところにカメラが設置され、フラッシュがたかれ、シャッターが切られた。テレビ局の記者は思いつく限りの相手にコメントを求めることにしたらしく、歩いている人のところに片っ端から近づいていった。インタビューされる人は、どうしてカメラに向く前に歩いていなくちゃならないのかしら、とアガサは不思議でならなかった。

四角形の毛皮がついたブームマイクが次々に顔の前に突きだされた。雨は容赦なく降り続いていた。歌とダンスのコンテストが中止されたせいで、不機嫌な幼い子どもたちは泣きわめき、もう少し年かさの子どもたちはドクターマーチンの靴で芝生を掘り返していた。

アガサはペンドルベリー卿がマスコミにコメントをしているところに出くわして、ぞっとした。「すべて移住者のせいだよ」彼は言っていた。「よこしまな連中だ。都会の人間が都会から離れなかったら、こういう厄介事は起こらなかったんだ」

アガサはすばやく彼の前に進みでると、声を張り上げた。「アンクーム・ウォーターの立ち上げに関して絶大な支持をいただいたことで、ペンドルベリー卿に心から感謝しています。地元にビジネスと雇用機会をもたらす事業はすべからく歓迎すると、アンク卿はおっしゃってくださっています。アンクーム・ミネラルウォーター社は、アンクームの村々の人々を優先して採用したのをご存じですか？」

というようなことをだらだらとしゃべり続けたので、とうとうむっとした貴族は立ち去り、マスコミ連中はあくびをした。

ようやくアガサとロイは警察のトレーラーの中でビル・ウォンと向かい合ってすわった。

「さて、お二人さん」ビルは厳しい口調だった。「マスコミに恐ろしいことが起きるとほのめかしたのは、どういうつもりだったんですか？　ロビーナ・トインビーは宣伝効果のために殺されたと、まことしやかにささやかれていますよ」

「馬鹿馬鹿しい」アガサは吐き捨てた。

「じゃ、どうしてそんなことを言ったんですか？」

アガサはしゅんとなった。「マスコミが村祭りに関心を失いかけていると思ったのよ。殺人なんてほのめかさなかった。またデモ行進があるかもしれないって言っただけ。そうなる可能性だってあったから。これがわたしの仕事なのよ、ビル。マスコミにここに来てもらわなくちゃならないの」

「ほら、どっさり来ましたよ」ビルはむっつりと言った。

「そもそも、どうしてロビーナは村祭りに来ていなかったんですか？」ロイがたずねた。

「パレードが到着したとき、ロビーナ・トインビーは泉を見下ろす庭の塀のところにいるという段取りになっていたんだそうです。そう隣人に話していたとか」

「で、誰がそういう段取りをしたの？」アガサが訊いた。「わたしはまったく聞いてないわよ。フリーモント兄弟？」

「いや、ちがいます。彼らにとって幸いなことに。さもなければ、残酷な宣伝行為じゃないかと疑っていたところです。この隣人のミセス・ブラウンによると、ロビーナが自分で演出を考えついたそうです。ロビーナはスピーチを頼まれなかったせいで、機嫌を損ねていた。あれは自分の水だと考えていましたから。そこで、庭の塀のところにいて、パレードがやって来たらスピーチをするつもりだった。芝生の上の彼女の横に落ちていましたよ――メモがね」

「ああ、そうだ！」アガサは目を見開いてビルを見つめた。「ゆうべロビーナはわたしに伝言を残していたの。電話をほしいって。そこにプリティ・ガールズが来られないという連絡があって、彼女のことをすっかり忘れてしまった。たぶんスピーチのことを話したかっただけなのね」

「その可能性はありますね」ビルは言った。「メッセージは保存してありますか？」

「ええ、まだ残ってるわ」

「あとで家に行って、聞かせてもらいます」

「どうやら、これでまた、容疑者はミネラルウォーター会社に進出してもらいたくない教区会のメンバーの可能性が高くなったようね」アガサが言った。「反対派はビル・アレン、アンディ・スティッグズ、それにメアリー・オーエンよ。彼らはどこにいたの？」

「メアリー・オーエンは自宅にいました。この件とは一切関係ないと言っています。ビル・アレンはガーデンセンターにいたと言っていますが、スタッフの二人の若者は一時間の休憩を与えられて村祭りに行ったので、証人がいないんです。アンディ・スティッグズは庭仕事をしていました」

「この天候で？」

「大雨で蔓バラが倒れたので、支柱に結びつけようとしていたんだそうです。ロビーナ・トインビーの庭にはやぶが茂っていますから、誰でもそこに隠れていて、彼女が庭の塀に出てきたとたんに背後から一撃を加えられます。ほとんどの村人はすでに祭りの会場に行っていましたから」

「そうね。わたしたちが泉へ歩いていったときも、村祭りの会場からパレードに同行した人たち以外に誰も見かけなかったわ」

「あなたたち二人から供述をとりたい」ビルが言った。「マスコミにトラブルがあるかもしれないとほのめかした理由を慎重かつ明快に説明してください。さらに、犯行時刻に何をしていたかも」

とてつもなく長い時間がかかったように思えた。

「一杯飲まずにはいられないわ」ようやく解放されるとアガサは言った。「フリーモント兄弟に会いに行きましょう。本当はここから逃げだしたいけど」

マスコミ用テントで、ガイ、ピーター、ポーシャを見つけた。ポーシャはガイの腕に手をかけて、彼の話に笑いころげていた。アガサは目をすがめた。それから、ガイとはもう関係を絶つと決めたことを思いだした。つまりロマンチックな関係は。年齢を受け入れ、年齢にふさわしい行動をして、皺やたるみについて心配するのはもうやめたいとつくづく思った。

「アガサ！」ガイが叫んで、ポーシャの手を振り払って飛んできた。彼はアガサを抱きしめるとキスをした。「まったく恐ろしい話だよね？　だけど、あなたは実に見事に対応してくれた」

「そうかしら」ぎこちなく彼の腕から抜けだしながら、アガサは言った。「ある記者が〝死の水〟という見出しがいい、と言っているのを小耳にはさんだわ」

「心配いらないよ。いずれわかる。この騒ぎがおさまる頃には、みんな水の名前しか覚えていないだろう。明日、われわれは大きな見出しになるんだ。優秀なマーケティング責任者を雇って、そこらじゅうのレストランに無料で水を配ってある。ロンドンの一流レストランにもね。巧妙なボトルだよ。プラスチックボトルに入れる方が安いが、ペリエの成功はスクリューキャップのついたガラス瓶に入っているからだ。プラスチックボトルの水とちがって炭酸が抜けないからね」

「もう警察に供述はしたの？」

「ああ、すべて終わった。心配いらない、アガサ。何もかもうまくいくよ」

「そうだ、わたしの仕事の契約は村祭りの日までだったわね。お二人とも、もうあまり会うこともないでしょう」

「そんな契約をしていたかな？」

「そうですよ」ロイが前へ進みでてきた。「ぼくは今週は休みをとったんです、アギー。ぼくはあなたに我慢している。で、そういうぼくに我慢してくれるなら、しばらくここにいたいんですけど」

「いいわよ」アガサは言った。

「ちょっと待ってくれ」ピーターがすばやく口をはさんだ。「月曜にオフィスに寄ってもらえないかな。あなたの代わりをまだ見つけていないんだ。軌道に乗せるのに有能な専門家が必要だったが、いまや殺人事件やら何やらもあるし、まだあなたの力を借りたいんだよ」

「一週間の休みをください」アガサはあわてて言った。「それから考えてみます」

彼女とロイがマスコミ用テントを出ると、まばゆいほどの日の光が射していた。

「よくあることね」アガサは言うと、わっと泣きだした。

7

ビル・ウォンがウィルクス警部と女性警官を連れてアガサのコテージを訪ねてきた。彼らはアガサの留守番電話のメッセージを聞いた。

「動揺しているようだ」ウィルクスが言った。

「ロビーナはまた脅迫状を受けとったのかもしれないわ」アガサが意見を述べた。「ずっと脅迫状が来ていたらしいので、警察に届けるように言ったの。でも、そうしようとはしなかった。そのことは話したわよね、ビル?」

「警部のために、もう一度繰り返していただいた方がいいと思います。知っていることを洗いざらい」

そこでアガサは最初から話しはじめた。しゃべっていると何もかもが支離滅裂に思え、アンクーム教区会のきちんとした委員の一人が殺人者だという考えが、ふいに荒唐無稽に感じられてきた。

ドアベルが鳴った。

ロイが出ていき、ジェームズといっしょに戻ってきた。

アガサはジェームズを無表情に見つめた。ガイと関係を持ったのはあなたのせいよ、と心の中で彼をなじった。

「よかった」ビルがノートから顔を上げて言った。「あなたを訪ねる予定だったので、時間の節約になりました。〈キツネを救え〉のメンバーの誰かが、殺人を犯すほど腹を立てていた可能性はあるでしょうか?」

「あるかもしれない」ジェームズは肘掛け椅子にすわった。「第二の殺人はそれで説明がつくかもしれない。しかし、最初のは絶対にちがう。老ストラザーズがどちらに投票するか、誰も知らなかったんだ」

「メアリー・オーエンのことは残念だわ」アガサが言いだした。「彼女はわたしの中では第一容疑者だった。力もあるし、根性も曲がっているし」

「彼女の主張どおり、妹の家にいたことには確たる証拠があるんです」

「ミネラルウォーター会社のことは考えたことがあるかな?」ジェームズが言った。

「今日のことで、国じゅうに名前が知られたんだ。殺人事件がなかったら、ほとんど注目されなかっただろう。プリティ・ガールズも来ない。マスコミを引きつけるものは何もなかった」

「そんなの馬鹿げてるわ」アガサが憤慨して反論した。

「ま、きみはそう言うだろうね」ジェームズは冷ややかに返した。「しかし個人的な感情を抜きにして客観的に見れば、この宣伝はフリーモント兄弟にとって何百万ドルもの価値があるってわかるだろう」

「あなたの嫉妬を抜きにして」とロイが口をはさんだ。「考えてみれば、彼らにとってあまり得にならないはずですよ。二人の死体があの泉に血を滴らせていたんですから！」

「どうしてわたしが嫉妬するんだ？」

「アギーとガイ・フリーモントとの華やかな関係のせいです」

「くだらない」ジェームズは吐き捨てた。

「わたしとガイ・フリーモントとのあいだには何もないわ」アガサが叫んだ。

「ほう、彼の車がきみのコテージの外にひと晩じゅう停まっていたのはたんなる偶然だったんだね」ジェームズが意地悪く言った。「きみたちはひと晩じゅう何をしていたんだ？　水を飲んでたのかい？」

「出ていってよ」アガサは怒鳴った。涙があふれてきた。

「落ち着いて、みなさん」ウィルクスがとりなした。「明日の朝、お三方に警察署に出頭していただきたい。そこでまた話しましょう」

ジェームズは警察といっしょに出ていった。「どうしますか?」ロイがたずねた。「どこでディナーをとりますか?」

「まずドライブに行きましょう」アガサは言った。「そうだ、ミルセスターに行きましょう。新しい中華レストランがあるの」

「天気を見てごらんなさい」ロイが無念そうに言った。燃えるような夕焼けがコッツウォルズの丘陵に広がり、一番星が完璧に晴れた空でかすかに光りはじめていた。

「この事業には呪いがかけられているんだわ」アガサは打ちのめされていた。「たぶんディナーのあとで長い散歩をして、体を疲れさせた方がいいかもしれない」

「もうすでに疲れてますよ」ロイはあくびをした。

「ベッドに入るときにくたくたでいたいの。さもないと、死んだロビーナが目に浮かびそうだから」

二人はミルセスターの広場に駐車すると、中華レストランまで歩いていった。店に入る直前でアガサはロイの腕をつかみ、ささやいた。「窓辺にすわっている人を見て」

ロイが視線を向けると、だらんとした口ひげを生やした中年の中国人男性と典型的なグロスターシャーの主婦がいた。

「あの人たちが何か？」

「あれはビル・ウォンの両親なの」

「お父さんは中国人ですね、確かに。いい兆候だ」

「それがちがうのよ。あの人たちは味覚音痴なの」

「ああ、なるほど、どこに行きますか？　ぼくはあまりおなかがすいてないな」

「わたしもよ。しばらく歩きましょう」

あてもなく店をのぞきながら二人は西の方角に歩きだし、それぞれ物思いにふけった。

とうとう郊外まで来て、屋敷が立ち並ぶ静かな通りを歩いていった。

「わたしは幻を見ているのかしら？」アガサが沈黙を破った。「それとも、あの門に入っていったのはメアリー・オーエンだった？」

少し先の街灯の光に照らされた長身の姿は、メアリー・オーエンにそっくりだった。

アガサは足を速めた。「メアリー！」彼女は呼びかけた。

「わたしはメアリーの妹よ」その女性は言った。「ミセス・ダーシーです。それで、あなたたちはどなた？」

「アガサ・レーズンです。こちらはロイ・シルバー」

「あなたたちのことは聞いたことがあるわ。探偵きどりのでしゃばり屋ね。ごきげんよう」ミセス・ダーシーは門を入ってガチャンと閉めた。アガサとロイは歩き続けた。

「驚くほど似ていることに気づいた？」アガサが興奮してたずねた。「ふたごでも通るわ。どうしてビルはこのことを教えてくれなかったのかしら？」

「それが何か？」

「そうやってアリバイが作られたのかもしれない。近所の人たちはメアリーを見たと思ったけど、実際にはミセス・ダーシーだったのかもしれないわ」

「ちょっと待って。殺人の起きた夜、カーテンは開けられていて、いっしょに食事をしているのを見られているんですよ」

「だけど、食事はひと晩じゅう続いたわけじゃないでしょ」アガサはわくわくしたようにスキップした。

「あなたが泉に行ったのは何時ぐらいでした？」

「真夜中近くよ。死亡推定時刻はあいまいだけど、夜の早い時間らしいわ。ねえ、あなたやわたしは夕食って言うと、八時ぐらいか、もっと遅いと考えるけど、大勢の人がもっと早くとっているわ」

「近所の住人に訊いてみましょう」

「そんなことをしたら、メアリーと妹がプライバシーの侵害で警察に訴えるんじゃないかしら。明日、ビルに訊いてみましょう。誰が最初の殺人を犯したのかはもうどうでもよくなりかけていたけど、二人も殺されたのよ！　それにジェームズったら一歩先を行って、わたし抜きで調べていた！　ああ、彼の鼻を明かすためだけにでも、犯人を見つけたいわ」

「もうへとへとですよ」ロイが文句を言いだした。「それにおなかもすいた。時間を見てください、アガサ」ロレックスの腕時計をアガサの目の前に突きだした。「十一時ですよ。パブはもう閉まってます。どこか開いているところを見つけられたら幸運だ」

二人は長い距離をまた歩いて、ミルセスターの中心部まで戻ってきた。「中華レストランがまだ開いている」

「じゃあ、ヌードルか何かだけ食べましょう」アガサが言った。

レストランにはほとんど客がいなかった。「定食から選びましょうよ。疲れ切って、メニューを吟味する気力がないわ」

料理はおいしかった。「じゃあ、むだにさまよっていたんですね」ロイが言った。

「むだだったわけじゃないわ。メアリーと妹が驚くほど似ていることがわかったもの」

「何か飲んでもいいですか？　あなたが運転するんだから」

「アルコールを断っていたのかと思ったけど」

「ストレスのせいです」

「よくこう言われているわよ——飲まずにはいられないと言いはじめたら、厄介なことになっている」

「だけど、それはあなたの得意のせりふですよ、いとしのアギー」

「まあね、これは例外的な状況よね」アガサはウェイターを呼び寄せ、ワインリストを持ってこさせた。「タクシーで家に帰りましょう。明日の朝はジェームズに乗せてもらえばいいわ」

「へえっ！　彼とは一切関わりたくないのかと思ってましたよ」

「今は事件捜査で競争しているんだから、彼が何をやっているのか把握しておきたいの」

アガサはぐっすり眠り、目覚めると朝の九時だった。しまったと叫ぶと、ジェームズに電話した。

「ああ、どうしたんだ、アガサ？」てきぱきした声、やけにてきぱきしている。

「車をミルセスターに置いてきたので、わたしとロイを警察まで乗せてもらえないかと思って」

短い沈黙が返ってきたが、結局、ジェームズはそっけなく言った。「十時に来てくれ」

アガサはロイに呼びかけて起こした。それから顔を洗って、念入りに身支度を調えた。

ロイとアガサはきっかり十時にジェームズのコテージに歩いていった。ジェームズは運転席に乗りこんだ。ロイは助手席に乗りこもうとしたが、アガサに押しのけられた。

「気まずいかと思って気を利かしただけですよ、アギー」ロイはつぶやきながら後部座席に乗りこんだ。

「で、誰がこの殺人を犯したと思う？」ジェームズがたずねた。

「メアリー・オーエンが怪しいと思うわ」

「どうして？」

「ただの勘よ」

「それだけじゃないんです」ロイがここぞとばかりに口をはさんだ。「ゆうべミルセスターで散歩していたら、ミセス・ダーシーっていうメアリーの妹にばったり会ったんです。彼女はメアリーにそっくりでした」

殺してやる、ロイ、とアガサは思った。その情報は隠しておきたかったのに。

「しかし、ビルの話だと、二人はいっしょに夕食をとっているところを近所の人間に見られているそうだよ」

「でもアギーがストラザーズの死体を発見したのは、もう真夜中近くだったんです。メアリーはミルセスターから車でアンクームまで行き、彼をどこかで殺害し、泉に死体を捨てることもできた。もしかしたら妹に手伝わせたのかもしれない」

「その推理は気に入らないな」ジェームズが言った。「わたしはもっとフリーモント兄弟について知りたいと思っている」

「まさか彼らだとは思ってないでしょ」アガサが言った。

「どうして？ ストラザーズがミネラルウォーター会社に反対票を投じると知っていたのかもしれない」

「だけど、ロビーナのことは？」アガサがたずねた。

「うーん、彼女は考えを変えたのかもしれないな」

「それにはもう遅すぎますよ」ロイが指摘した。「すでになんらかの契約書にサインしていたにちがいありませんからね。それに、あの彼女のスピーチ――というか、スピーチのメモですが――水を供給するのをやめるつもりだったら、あのメモにそう書いてあったにちがいないし、警察も何か言っていたはずだ」

「たしかに」ジェームズがスピードを出したままカーブを曲がったので、アガサの体が揺れて彼にドスンとぶつかった。あわててまっすぐ体を起こした。ジェームズの肩に自分の肩が触れただけで、全身に電流が走った気がした。「フリーモント兄弟の経歴はどういうものなんだ、アガサ?」

「香港でビジネスをしていたの。衣類の輸出入。で、こっちに帰ってきた」

「そのことは知っているよ。他には? どちらかが結婚しているとか、過去に結婚していたとか?」

「ガイは結婚していないわ」アガサは即座に答えた。「ピーターのことは知らない」

「どうしてガイが結婚していないってわかるんだ?」

「わかるからわかるのよ」アガサはむっとして言った。「ああ、気をつけて!」

ジェームズはいきなりブレーキを踏んだ。小さな鹿が車の前に飛びだしてきて、道路脇の迷彩色の森の中に消えていった。

ジェームズはさっきよりもスピードを落として走りだした。「つまり」とアガサは話を続けた。「わたしといるところを目撃されないように、人目につかないレストランに連れていこうとはしなかったし」

「彼の妻がこの界隈に住んでいるとは限らない」ジェームズが言った。

「やっぱり殺人犯は教区会の一人だと思いますね」ロイが言った。「全員が嫌な人間なんです」

「わたしが大嫌いなのは環境保護団体よ。サンダルをはいて、新奇な考えをふりかざす連中」

「たしかに不愉快な連中だ」ジェームズはフォス街道に出るとスピードを上げた。「ときには誰かがああいう連中の行動にブレーキをかける必要がある。あいつらがメイフェアにある美しい古いジョージ王朝様式の屋敷にどんな真似をしたと思う？　彼らは正面部分を保存するつもりで、その後ろにある建物をとり壊したものだから、建物全体が崩壊してしまったんだ。そうしたら、おっと！　すまない、と言って、代わりに現代的な醜悪な家を建てた。それから、〈グリーンピース〉の例をあげよう」

「どうぞどうぞ」後部座席でロイが聞こえよがしにつぶやいた。

「彼らは宣伝活動に熱心で、実際には何ひとつ建設的なことをしないグループだと思われている。とはいえ、イギリスの浜辺の汚さに文句を言ったことで、清掃活動が始まったんだけどね」

「興味深い議論ね」アガサはため息をついた。「ロビーナやストラザーズを殺した犯人を突き止めるのには、まったく役に立ちそうもないけど」

「全員をひとつの部屋に集めたらどうだろう?」ジェームズが言いだした。「きみはミネラルウォーター会社のPR担当として、彼ら全員を招待できるんじゃないかな、アガサ? 和解の会みたいなものを企画するんだ。シャンパンとブッフェでもてなす会。それなら、連中はやって来るはずだ」

「うまくいくかもしれないわね」アガサはすばやく考えを巡らせた。「全員が容疑をかけられていると感じているでしょうから、集まる気になるかもしれない。考えてみるわ。そうだ、うちの庭はなかなか見栄えがいいの。ガーデンパーティーが開けるわ」

「費用は半分持つよ」ジェームズが言った。「ミネラルウォーター会社が金を出すとは思えないからね」

「出すかもしれないわよ」アガサは用心深く言った。「まだわたしに仕事をしてもらいたいなら、会社の善意を示すことになるからと言って経費に計上できるわ。そうだ、警察で供述が終わったら、会社まで行って提案してみるわ」

ジェームズとの競争も、これで終わりか、とロイは思った。しかし、アガサがもっと長く会社のために働けば、彼の会社により多くの取り分が入り、自分が評価されることになるだろう。

つい最近まで対立していたジェームズとこんなふうに友好的に会話をしていることが、アガサには不思議に感じられた。もっとも考えてみれば、ジェームズはいつもそんなふうだった。

アガサは警察署で供述をしながらも、ジェームズといっしょに供述をした別のときのことを思いださずにはいられなかった。彼もあのときのことを思いだしただろうか？　二人が愛を交わし合ったときのことを考えることがあるのだろうか？

相変わらずジェームズが何を考えているのかはわからなかった。

供述を終えると、ミネラルウォーター会社に車を向けた。工場はにぎやかに操業していて、アガサが最初に来たときのようなさびれた場所ではなくなっていた。

ジェームズが駐車しているあいだに、アガサはコンパクトをとりだして、小さな鏡で心配そうに顔をのぞきこんだ。これからガイに会うというのに、またもや皺が目立っているのではないかと不安だった。

受付で待っていると、ポーシャが三人を案内するために現れた。彼女はジェームズとロイには微笑みかけたが、アガサは無視した。かっちりしたジャケットに揃いのショートパンツ姿で、黒いストッキングに包まれたとても長い脚があらわになっている。

三人は会議室に案内された。ガイとピーターが待ちかまえていた。

「お揃いでどういうご用件ですか？」ガイがたずねた。

いっしょに警察署に行って供述をしてきたところだ、ロイは自分の家のお客でPR会社から来ている、ジェームズ・レイシーは隣人で親切にも車に乗せてきてくれたので、いっしょに連れて来た、とアガサは説明した。

「それで、もう少しわが社のために仕事をしていただけますか？」ピーターがたずねた。

「そのことでご相談しようと思ったんです。この殺人事件のせいで、アンクームでは悪感情が渦巻いています。アンクーム教区会のメンバーを呼んでガーデンパーティーを開いたら、いいPRになるんじゃないかと思ったんです」

ガイはおもしろがっているようだった。「そういうものにはマスコミは来ないんじゃないかな」

「マスコミ向けパーティーというより、会社の善意を示す場なんです」

「動機は評価しますよ」ピーターが言った。「しかし、すでに村のためにかなりの金を使ったし、限られた予算で宣伝をしなくてはならない。新聞に掲載されないようなことに資金を出すのは無意味ですよ」

「じゃあ、自腹でやります」アガサは言った。ジェームズがかたわらにいたので、ガイとはいっそう距離を置きたかった。「それに実を言うと、おたくのPRの仕事は辞めさせていただきたいんです。新商品の立ち上げは終わりました。水はすでに市場に出回っている。実際、もうこれ以上わたしを雇う必要はありませんよ」

テーブルの端にすわっていたポーシャがいきなり発言した。「何度も何度も言っているでしょ、PRの仕事ぐらい、あたしにできるって。村祭りは大失敗だったわ」

「雨はわたしが計画したわけじゃないし、プリティ・ガールズのスキャンダルだってそうよ」アガサは言い返した。

「あたし、言ったでしょ、プリティ・ガールズはまずいんじゃないかって、ねえ、ガイ?」ポーシャが言った。「だって、ヤクの噂がささやかれていたもの」

「その噂をわたしに伝えようとしなかったのね」アガサは彼女をにらみつけた。

ポーシャは優雅な肩をすくめた。

「あなたに辞めてほしくない」ガイが言った。

「それはとても光栄だわ」アガサは立ち上がった。「でも、これからとても忙しくなりそうなんです。その仕事はそこにいるミス・アンクームにやらせてあげてください」

ガイが走っていって、アガサのためにドアを開けた。「今夜ディナーでも?」

「だめなの。ロイが泊まっているから。また電話するわ」

ポーシャが三人を受付まで案内した。アガサはそっけなく彼女にうなずくと、さっさと歩きだした。だがジェームズがポーシャに「いつか空いている日にディナーでもどうかな?」と訊いているのが耳に入って、ぎくりとした。

アガサは肩をこわばらせ、ぴたりと足を止めた。

ポーシャが笑ってこう答えるのが聞こえた。「ボーイフレンドが喜ばないと思うわ。だけど、いちおう電話番号を教えてくださる?」

アガサはロイを従えてジェームズの車まで歩いていった。カンカンに腹を立てていた。

「ジェームズはフリーモント兄弟のどちらかが犯人にちがいないと思っているんですよ」ロイがなだめた。「だから秘書を誘ったんでしょう」

だがアガサの頭は、キャンドルの明かりの中、美しいポーシャと食事をしているジェームズの姿でいっぱいになっていた。ポーシャを家に送るジェームズ、泊まっていくジェームズ。

ジェームズは二人と合流すると、「で、ガーデンパーティーはやっぱりやるつもりなのか？」とたずねた。

「やってもいいわね。来週の日曜に招待してみるわ。それまでいてくれる、ロイ？」

「かまわなければ、今夜ロンドンに戻ろうかと思っているんです」ロイは言った。ボスには、自分がミネラルウォーター会社の敏腕PR担当者、アガサ・レーズンといっしょに過ごすことは評価されるが、ただの無職のミセス・レーズンといっしょにいることは無意味だろうと判断したのだ。

アガサは皮肉っぽい視線をロイに投げつけた。ロイは仕事をまず優先するのだ。

ジェームズは二人をアガサの車のところで降ろし、アガサは彼の車のあとを運転して家に帰った。

カースリーに着くと、ジェームズは言った。「ガーデンパーティーの手配については、いつ相談する、アガサ？」

ロイは先に車から降りて、アガサの家の玄関先で待った。

ジェームズとアガサはそれぞれの車の外で舗道に立った。

「あなたがいっしょにやりたいなら」とアガサは低い声で言った。

「休戦だ。お互いにぶつけあったひどい言葉のことはちょっと忘れよう。過去には二人でいい仕事をしてきたんだから」

「わかったわ」高揚感と恐怖に引き裂かれながら、アガサは答えた。恐怖というのは、ジェームズに近づくことで感じる、あの惨めな思いをまたも味わうのかと怖かったからだ。「じゃあ、さっそく電話をかけて全員を招待する？」

「いいよ。うちの電話を使おう」

「わかった。ロイに荷造りをするように言うわ。数分したらそっちに行くわね」


「ジェームズの家に行って電話をかけることになったの」アガサはロイに伝えた。

「一人で荷造りしていてね」

意外にも、仲間外れにされることについて、ロイからはまったく抗議が出なかった。それどころかロイはアガサの聞こえないところでボスに電話をかけるチャンスができて、喜んでいた。新製品立ち上げについて賞賛されるようなことがあれば、自分がそれを受けよう。非難されるべきことがあれば、アガサのせいにしよう。

アガサはジェームズのコテージに歩いていき、ドアは開いていたので、そのまま本の並ぶリビングに入っていった。「すわっていて、コーヒーを持っていくから」ジェームズがキッチンから叫んだ。

アガサはコンパクトをとりだし、鼻にパウダーをはたきつけた。

コンパクトをハンドバッグにしまったとき、ジェームズがマグをふたつのせたトレイを運んできた。

「さて、誰がいるのかな。ミネラルウォーター会社に反対なのはメアリー・オーエン、ビル・アレン、それにアンディ・スティッグスだ。賛成はジェーン・カトラー、アンジェラ・バックリー、フレッド・ショー」ジェームズはノートをとりだした。「彼らの名前と電話番号がここに書いてある。コーヒーを飲んだら電話をかけ始めよう。どっちが電話をかける?」

「あなたの方がいいと思うわ。わたしは彼らの嫌な面を引き出してしまうみたい」

「それから、何を出す? それにガーデンパーティーの日がお天気だって、どうしたらわかるかな?」

「晴れる理由を教えてあげるわ」アガサは苦々しげに言った。「村祭りを水浸しにするほどの最低の天候は過ぎたし、長期予報は上々だからよ。みんな来ると思う? メアリー・オーエンは絶対に断るわ。ロビーナを殺したのは誰だろうってずっと考えていたんだけど、何もかも水のせいだったのかしら？　あのコテージやお金を相続するのは誰なの？」

「息子さんがいると聞いたな。ともあれ、始めよう。まず最悪の相手からかけるよ。メアリー・オーエンから」

「幸運を祈るわ。だけど、うまくいかないと思う。彼女とは知り合いなの？」

「ああ、実は知っているんだ。〈キツネを救え〉に入る前に、彼女を訪ねたんだ。和気藹々と話をしたよ」

「話してくれなかったのね！」

「休戦だよ、覚えてるだろう？」

「あ、そう、わかったわよ。だけど煙草を吸いたいの。庭で吸ってくるわ。教区会のメンバーだけを招待するの？　村の友人たちを招待しなかったら、冷たいと思われないかしら？」

「じゃあ、ミネラルウォーター会社を辞めたことを黙っているんだ。ビジネスの集まりだと思わせておけばいい」

アガサはジェームズの小さな前庭に出ていって、戸口にすわると煙草に火をつけた。

電話でしゃべっている彼の声に耳を澄ませた。ずいぶん気さくな笑い声ね！　ジェームズにはいろいろな顔があるのだ。電話を終えたら、問い詰めてやってもいい、「今のわたしたちって、どういう関係なの、ジェームズ？」と。

しかし、どんな関係でもないという答えを返してくるかもしれない。まるっきり特別な関係じゃないと。

「メアリー」取り入るような声でジェームズがしゃべっていた。「ただの集まりだよ、シャンパンと食べ物、すべてミネラルウォーター会社持ちで。こんなふうに考えたらどうかな。この件はすべて水に流して、教区の幸福のために全員で力をあわせていくって。うん、仲直りをするにはいい機会だよ。何時か？　ええと、十二時か十二時半だ。よかった、じゃあ、またそのときに」

では、メアリーは来るのだ。

アガサは煙草を吸い終えると、吸い殻を生け垣の向こうの道路に投げ捨てた。そこにはミセス・ダリがいて、彼女は吸い殻を拾って投げ返してきた。「灰皿がないの？」怒って彼女は言った。「ここは都会じゃないんですからね」

「そんなにきれいな環境に関心があるんなら、そのうるさい小さい犬に、わたしの家の前でおしっこやうんちをさせないでよ」アガサは怒鳴った。

「それから、少し礼儀作法を身につけたら」ミセス・ダリは血相を変えて叫び返してきた。「パンツが見えているわよ」

アガサはぷりぷりしながら膝上までまくれあがっていたスカートをひっぱり下ろした。

ミセス・ダリが犯人だったらいいのに。カースリーから彼女が出ていくような事件が起きたらいいのに。

憂鬱になって、もう一本煙草に火をつけた。喫煙者の治療を拒否するイギリスの医師がいるらしい。なぜだろう？　喫煙者は煙草を買ってどっさり税金を支払っているのだから、最高の治療を無料で受けてもいいほどだ。どうして喫煙者なの？　どうして酔っ払いじゃないの？　太った人は？　いまいましい過保護国家だ。ミセス・ダリのせいで、アガサはすっかり機嫌が悪くなった。顔の前を手であおぎながら、みんながこう言う。「受動喫煙で死にたくないんです」そして、車に乗りこみ、夜気に発癌物質をまき散らしながら走り去るのだ。煙草はまずかった。考えてみると、最初の三本のあとはどんな煙草もひどい味がした。しかし、禁煙することを考えるたびに、どこかのピューリタンが現れてニコチンの害について聖人ぶって説教するので、止めようという意志が吹き飛ばされてしまうのだ。一日じゅう煙草がおいしいと感じられるのは、年に一度だけ。禁煙デーだ。まったくおかしな話だ、とアガサは思った。〝嫌になるまで吸う日〟に変えたら、たぶんもっとたくさんの喫煙者が禁煙するだろう。

「入ってきていいよ」ジェームズが叫んだ。「もう終わった。全員が来るそうだ」

アガサは立ち上がって中に戻っていった。

「食べ物はどうしよう？」ジェームズがたずねた。

「ふだんはミセス・ブロクスビーみたいな女性たちが手伝ってくれるけど、このパーティーはミネラルウォーター会社が主催ってことになっているから、ケータリング会社を雇った方がいいわね。冷製サーモンとかサラダとかイチゴとかクリームを用意しましょう」

「イチゴは旬を過ぎてるよ」

「旬を過ぎていても、イチゴは人気よ、イメージがいいから。フイッシュ・アンド・チップスみたいなものね。とびきり寒い夜にはほかほかに温かくて、こんがり焼けて、いい匂いがするものを食べたいって思うでしょ。実際には、脂じみた袋に入った食べ物が胃袋で鉛みたいに重く感じられる結果になるんだけど」

「テーブルとかはどうする？」

「六人とわたしたち二人だけでしょ——八人だわ。キッチンのテーブルはかなり大きいし、シャンパン用に学校の講堂のテーブルを借りるわ。みんな、そんなにお酒は飲まないわよ。一人当たり一本あれば充分でしょ」

「そうだな。費用を立て替えておいて、いくらになったか教えてほしい。そうすれば半分出すよ」

「ミネラルウォーター会社に費用を負担させられたんじゃないかという気がするわ。あのとき、あまり強く主張しなかったから」

「ああ、でもそうするとフリーモント兄弟も参加することになる。このパーティーの目的は、委員全員が顔を揃えたときに、どう行動するかを観察することだろう」

「あなたはフリーモント兄弟を疑っていたのかと思ったわ」

「彼らのことは、このパーティーがすんでからだ」

アガサは考えこみながらジェームズを見た。「じゃあ、わたしたちはまた探偵仕事の相棒に戻ったわけね、ジェームズ」

「え？」彼は書いていたメモから顔を上げた。「ああ、そうとも、また相棒だ」

「気まずさは感じないの？」

「そういう話はやめようよ、アガサ」

そのとおりね、とアガサは思った。自分の気持ちについて、愛を交わしたときについて、けんかについて、苦しみについてはもう絶対に話さないようにしよう。犯罪に興味がある独身の友人同士のまま、つきあっていけばいいのよ。

「ロイと話をしてきた方がよさそうね」

「そうしたまえ」ジェームズは陽気に言った。

何か言えばよかった。自分のコテージに入りながら、アガサは悔やんだ。いえ、そうするって自分で決めたのよ。他に何ができる？　人間的な反応がほしい？　ジェームズから？　まさか！

ロイは階段をトントンと下りてきた。「愛しの人とはうまくいきましたか？」

「ジェームズのことを言っているなら、口を閉じていて。パーティーには全員が来るって」

「ぼくはどうしますか？」

アガサはふいにロイにうろちょろされるのが嫌になった。すでにパーティーで何を着るかを考えていたのだ。

「今回は遠慮して、ロイ。忙しくて、泊まり客の相手までしている暇がないと思うわ」

ロイは傷ついたように見えた。「ご自由に。でも言っときますが、あなたがぼくを必要としても、ほいほい飛んでくるつもりはありませんからね」

「わたしに興味があるのは、出世のためだと思っていたわ」

「もっと早い列車に乗ればよかった」ロイは憤慨しているようだった。

「ランチをとりましょう。午後の列車に乗ればいいわ」

静かなランチになった。

「ねえ」アガサはコーヒーを飲むうちに、心が和らいできた。「あなたに正直に言わなかったけど、実はジェームズを自分だけのものにしたくてたまらないのよ」

「あんな見下げ果てたやつを」

「かもしれないわね」アガサはため息をついた。「けんかはやめましょう。オックスフォードまで送っていくわ。もっと早い列車に乗れるかもしれない」

「何か埋め合わせをしてくださいよ」

「何かって？」

「ぼくはずっと前から平底舟を漕いでみたかったんです」

「何ですって？　オックスフォードで？　川で？」

「そうです」

「わかった。コーヒーを飲んだら出発しましょう」

どうにかハイ・ストリートに車を停めると、二人はマグダレン橋まで歩いていき、船着き場への階段を下りていった。

「これまでここに来たことがなかったわ」アガサは言った。「川がここでこんなに細くなっているなんて知らなかったし、ものすごくたくさん舟が出ているのね。本気で挑戦してみたいの？」

「ええ、そうですよ」ロイは興奮してスキップして見せた。「日曜版の付録に紹介されているのを読んだんです」

舟を漕ぎたいと告げると、貸しボート屋は一時間八ポンドで、保証金が二十五ポンド、身分証明書を預かりたいと言った。

「ちょっとお金が足りないな」ロイが言った。「もしや……？」

「ああ、大丈夫よ」アガサが料金を支払い、彼女の運転免許証を渡した。

「すでに後悔しかけているわ」平底舟によろよろと乗りこみながら、アガサは言った。ロイは長いポールをつかんだ。「パドルがあるわよ。静かな場所までパドルで漕いでいく方がいいんじゃない？」あたりには平底舟ばかりかボートも行き交っていた。

貸しボート屋が舟を押しだした。ロイはポールを水に突き刺して押した。平底舟は大きな円を描き、学生のぎっしり乗った舟にぶつかった。

「あせるな」学生の一人が叫んだ。

ロイは恥ずかしさのあまり顔をピンクに染めた。「パドルを使おう」彼はポールを舟に置くと、舳先にすわりこんでパドルで漕ぎはじめた。何度か漕ぎそこない、さらに何度か他の舟にぶつかったあげく、ようやく川に向かった。

そこでロイは立ち上がって再びポールを手にした。アガサは舟に横たわり、ロイの素人くさい奮闘は無視することにした。太陽が木々の隙間から射していた。一方の岸にはガラスがきらめいている温室、反対側にはクリケットの観客席。柳の木が水の中に枝を垂れ、光が水面《みずも》をまだらに染め、平和な風景が広がっている。でも、典型的なイギリスの風景じゃないわ、と学生たちを眺めながらアガサは思った。誰もが白い服を着て、女性たちはパラソルをさしているのが、アガサのイメージするイギリスの夏の風景だ。でも、学生たちはやけに若く栄養失調みたいにガリガリにやせ、黒いシャツとボロボロのジーンズ、ポニーテールを好んでいるようだ——男性の場合は。枝に頭をはたかれて、はっと白昼夢から覚めた。

「ちゃんと前を見ていてよ！」

「すみません、ちょっとこの枝が垂れていて」

ジェームズ。ジェームズとまた結ばれることがあるのかしら？　彼のことをもう考えない日が来るの？　どうしてガイのことはさほど重視していないのだろう？　たぶんセックスをしたからといって親密にはなれないからだ。会話こそが親密さの鍵だ。友情は親密なものだ。たぶん人生の早い時期に友情を経験していたら、ジェームズともう少しうまくつきあえたかもしれない。いいえ、もう彼のことは放っておきなさい、と頭の中の皮肉っぽい声が言った。これは病気よ。悪魔払いが必要だわ。

「なかなか上達してきましたよ」

「まっすぐ進めないの？」アガサはたずねた。「あのボートにもう少しでぶつかるところだったわ」

「ちゃんとやってますよ。ほら、こんなふうにポールを突き刺して、ぐいっと押せば――」

アガサはぞっとして息を呑んだ。ポールをつかんだロイが棒高跳びさながら宙に舞いあがり、草の生えた土手にうつ伏せに投げだされたのだ。そのあいだ、アガサと平底舟は別の方向にぐんぐん流されていった。舟は反対側の土手に猛烈な勢いでぶつかったので、思わずアガサは立ち上がり、そのまま川の中に放りだされた。

ロイはアガサを助けるために川に飛びこみ、彼女めざして泳いでくると、髪の毛をつかもうとしたが無理だった。

「わたしのことは放っておいて!」アガサは怒鳴った。「小舟にハンドバッグが置いてあるから、とってきて。というか、舟をとってきて」

舟にぎっしり乗った日本人たちの好奇の視線にさらされながら、ロイは平底舟の前部についたロープをつかみ、最初に放りだされた土手の方に引っ張り始めた。アガサは彼のあとから泳いでいった。

ロイはアガサを土手に助け上げた。

「大丈夫か?」日本人学生が叫んだ。「すごくおもしろかった。映画の撮影なのかい?」

「ちがうわよ」アガサはそっけなく答え、ロイに向き直った。「そのいまいましい拷問道具に乗って戻りましょう」

おもしろがっている日本人に見守られながら、二人はまた舟に乗った。「曳航《えいこう》してあげるよ」一人が叫んだ。

「けっこう、大丈夫だ」ロイが言った。

「いいえ、大丈夫じゃないわ。引っ張ってもらえたらありがたいわ」

二人は屈辱のあまり赤面し、びしょ濡れで平底舟にすわり、日本人の舟に船着き場まで曳航してもらった。そこではイギリス人学生の一団が日本人の友人たちを出迎えるために待っていたが、びしょ濡れの哀れなロイとアガサが舟から助けだされると、ゲラゲラ笑いながら手をたたいた。

二人が一メートルほど間隔を空けて歩きながらハイ・ストリートに上がっていくと、人々が振り返って見た。

「まっすぐ駅に送っていくわ」アガサは車に乗りこむと言った。「あなたは荷物があるでしょ。駅のトイレで着替えられるわよ」

「本当に本当にすみません」ロイがおどおどと謝った。「ずっと前からやってみたかったんです」

アガサはむっつりと黙りこんだまま運転した。

「ねえ、アギー、ぼくは十五で学校をやめて、結局大学にも行かなかったんです。誰にでも夢があるでしょう。オックスフォードで平底舟を漕ぐっていうのは、ぼくの夢だったんです」

アガサは速度を落とした。

「いい、こうしましょう。あなたは体をふいて、駅で着替えて。それからタクシーでマークス・アンド・スペンサーに行って、わたしに乾いた服を買ってきて。着替えたら、ランドルフにお茶を飲みに連れていってあげる」

三時間後、アガサは新しいシャツブラウスとスカートを着て、その下に新しい下着をつけ、びっくりするほど履き心地のいい新しいフラットシューズをはいてカースリーに戻った。ロイはお茶を楽しみ、二人は川での冒険に腹を抱えて笑った。それを思いだすと、口元がゆるんだ。こんなに思い切り笑ったのはひさしぶりだった。

緑の木々のトンネルの下、カースリー村に続くくねくねした田舎道を下りながら、居心地のいいねぐらに向かう動物のような気持ちになった。

川に落ちてから、ジェームズのことはちらっとも考えなかった。

アガサはその晩、牧師館で開かれるカースリー婦人会の会合に出かけた。ミセス・ブロクスビーは牧師館の庭でお茶とサンドウィッチをふるまってくれた。ミセス・ダリは出席していなかったので、アガサはかなり脚色して平底舟の冒険を語って聞かせ、残りのメンバーを大いに楽しませた。

それから会合は本題に入った。婦人会でコンサートを開くことになったのだ。アガサはうめいた。コンサートは退屈きわまる悪夢のようなイベントだった。一人として音楽の才能がなかったのに、我も我もとステージに立ちたがり、裏返った声で歌いたがった。

それでも他の村で他のコンサートを鑑賞すると、同じぐらいひどいレベルだった。ミセス・ブロクスビーがかつて穏やかに説明してくれたが、全員がひそかにステージに立ちたがっていたのでコンサートは注目を集めるまたとない機会なのだ。ただし、牧師の妻はアガサ同様、一度も歌ったり演奏したりしたことがなかった。

会合が終わったあとの雑談で、アンクームの殺人事件のことが出た。「うちのガーデンパーティーに教区委員全員が来ることになったのよ」アガサは言った。「ミネラルウォーター会社が費用を持つし、PRの仕事だから、みなさんは誰も招待しなかったの」

「おかしな連中よね」書記のミス・シムズが言った。彼女は白いスパイクヒールのサンダルをはいているので、牧師館のなめらかな芝生にテントの杭みたいな穴を空けた。「そのことで文句を言ったことはないわ」とミセス・ブロクスビーは以前言ったことがある。「芝生の風通しがよくなるもの」

「だって」とミス・シムズが続けた。「長年、お互いにいがみあっているのよ。誰一人辞めないのは、他の連中を満足させたくないせいだと思うわ。お気の毒ね、ミセス・レーズン。地獄のガーデンパーティーになりそうね」

しかし、またジェームズのことを考えはじめると、彼の目を奪うために何を着ようかという心配もわきあがってきた。

ガーデンパーティーの日は完璧なお天気だった。澄んだ青い空と暖かい日差し。繊細な花模様のシルクの上等なドレスと、派手なシルクのバラを飾った大きなつばつき麦わら帽子という服装で、アガサはケータリング業者を監督し、庭で最後の点検をしていた。それから二階に行って、メイクをチェックした。

窓の下の小道で車の音がしたので、のぞいてみた。全員が一斉にやって来たようだった。メアリー・オーエンはストライプのシャツドレスにフラットヒールの靴。アンジェラ・バックリーは白いコットンのズボンとブルーのコットンのトップ。ジェーン・カトラーはシンプルなリバティプリントのワンピースだった。

ふいに自分一人が滑稽なほど着飾っていることに気づき、アガサは帽子とドレスを脱ぎ、コットンのスカートと飾りのない白いブラウスに着替えると、階段を駆け下りていきお客を出迎えた。

ジェームズがケータリング業者といっしょに庭に出てきた。色あせたブルージーンズにオープンネックのシャツを着ていた。もっと幸せだったときに渡した鍵でコテージの中に入ったのだ、と気づいて、アガサはズキンと胸が痛くなった。

そんな思いを振り払うように、お客たちに挨拶した。

男性陣、ビル・アレン、アンディ・スティッグズ、フレッド・ショーは女性陣とジェームズのくだけた格好を補うかのように、ブレザー、襟つきシャツにネクタイというきちんとした服装だった。ビル・アレンのブレザーはポケットに大きな金色の紋章が刺繡《ししゅう》されていた。

シャンパンが全員に注がれた。アガサはグラスを掲げた。「善意に乾杯。それぞれ意見はちがうと思いますが、全員が友人であるべきだと思います」

「どうして？」メアリー・オーエンが問い詰めた。

「その方がもっと楽しいからよ」

アンジェラ・バックリーがうさんくさそうにアガサを見た。「あんた、いかれた宗教団体の一員じゃないだろうね？」

「セラピーだって気づくべきだったわ」メアリー・オーエンが言った。「セラピーグループに入っている連中はいつも仲よくしたがる。わたしたちも輪になってすわって、何年も前に小屋で起きたいまわしいことについて語り合わなくちゃならないんでしよ」

「いや、いまわしいことじゃなくて、いいことがあったんだろ」ビル・アレンが品のない大笑いをした。

「あなたたちがお互いに殺し合いを始めても驚きませんよ」ジェームズがよく通る声で冷ややかに言った。

「おいおい、そんなわけないだろう」アンディ・スティッグズはネクタイで首を絞められているみたいに顔が赤くなっていた。「われわれは全員がきちんとした市民だ。わたしの意見を言わせてもらえば、この殺人の陰にはミネラルウォーター会社がいるね」

「わたしもそう思ってた」とビル・アレン。

がっちりしたフレッド・ショーは汗をかいていた。「あんたたちはどう考えたらいいかわからんのだろう。それがわたしの意見だ。あんたはロビーナのことを蛇蝎《だかつ》のように嫌っていただろ、メアリー。それにアンジェラもそうだ」

「嫌ってなんかいなかったわ」メアリーが言った。「世間にざらにいるおつむの弱い、自分ってものがない女性の一人にすぎないもの」

辛辣な意見を交換しながら、全員がシャンパンをぐいぐい飲んでいた。有能なウェイターがグラスが空にならないようにすぐ注いでいたからだ。

「あんたとアンジェラは、ロビーナから女らしさを学べばよかったんだ」フレッドが言った。「彼女はとても女らしかった。あんたたち二人みたいな色気のないおばさんとは大ちがいだ」

「あんたみたいにちんけな男は、女らしい女性のことなんてこれっぽっちも知らないだろうよ。たとえその女にいきなり尻に嚙みつかれてもね」アンジェラが言い返した。

「こんなふうにいがみあっていて、教区のために役に立つことができるんですか？」ジェームズが非難した。「ロバート・ストラザーズとロビーナ・トインビーがどうして殺されたのか、誰に殺されたのか、興味がある人はいないんですか？　犯人はあなたたちの一人かもしれないんですよ」

「何だと？」フレッド・ショーが聞きとがめた。「われわれの一人だって？　どうして？」

「ありうる話ね」メアリー・オーエンが言った。「ロビーナが殺される前の晩、あんたは彼女のコテージに行ったでしょ、フレッド。庭の塀のところからどういうスピーチをするつもりか、彼女はあんたに話したんでしょうね」

「この中でロビーナを好きだったのは、わたしだけだった」ネクタイをむしりとりながらフレッドが言った。それからブレザーを脱ぎ、シャツの袖をまくりあげた。「よく彼女の家に遊びに行ったよ。ビルとアンディもだ。いつも彼女につらく当たっていたのは、あんたとアンジェラだ」

「馬鹿馬鹿しい」アンジェラがブッフェのテーブルを見た。「ところで、あれを食べるつもりはないのかい？　あたしはおなかがぺこぺこだよ」

皿に食べ物を盛っているあいだ、一時的に静かになった。アガサは庭に椅子を出しておいたが、アンジェラとメアリーは芝生の上にすわっていた。膝の上で皿のバランスをとらなくてすんだので、それは賢い選択だった。他の者もそれにならった。

計画中のバイパスについてどう思うか、ジェームズはみんなに意見を訊きはじめた。すぐさまフレッド・ショーが、通過する車がバイパスにとられたら自分のところのような商店はつぶれるだろうから、とんでもない話だと文句を言いはじめた。ガーデンセンターを経営しているビル・アレンも同じ意見だった。

「わたしはいい考えだと思うわ」メアリーが言った。「だって、アメリカ人の集団には来てほしくないでしょ」

「アメリカ人のどこがいけないんだ？」アンディ・スティッグスが気色ばんだ。「くそ、このネクタイときたら。あんたにならうよ、フレッド」彼はネクタイをはずし、ブレザーを脱いだ。

夢と現実はまったくちがうものね、とアガサは啞然としていた。夢の中のガーデンパーティーでは、アガサはきれいなドレスを着て優雅に立ち、そよ風が帽子につけた花をそよがせ、白いシャツとブレザーとネクタイでおしゃれしたジェームズは、彼女にかがみこみ賞賛の微笑を浮かべていた。しかし、ジェームズは客たちと芝生にすわり、冷製サーモンを食べ、シャンパンを飲み、この委員たちをもっと知ることに集中しているようだった。

「まったく、アメリカ人ときたら。何でもかんでも〝変わっていて〟〝かわいい〟なのよ。くだらない」

「最近はアメリカ人バッシングは、はやらないと思っていたわ」アガサが言った。

「だって、こんな田舎まで来る人はたいていとても洗練されていて、地元の人間以上にコッツウォルズについて知識があるように思えるもの」

「実にあつかましくて、俗悪な連中よ」メアリーはアガサをちらっと見た。「類は友を呼ぶね、たぶん」

「メアリー、ちょっと黙って、オードブルでも食べたらどうかな」ジェームズが言ったのでアガサは驚いた。メアリーはクスクス笑って、色っぽいと言えそうな視線をジエームズに向けた。

「あんたはこのミネラルウォーター会社とどういう関係があるんだね？」アンディ・スティッグスがジェームズにたずねた。

「それはアガサの仕事です。わたしは彼女の精神的支えのためにここにいるだけです」

アンジェラがアガサとジェームズを嫌味な目つきでじろじろ見た。それから口を開いた。「ふうん、でもロマンチックな支えってわけじゃないんだろうね。アガサとガイ・フリーモントの火遊びは、どっちの村でも噂になってるからね」

怒りのあまり、アガサは顔が真っ赤になるのを感じた。「わたしはガイ・フリーモントと火遊びなんてしてないわ」

「気にしないで、アガサ」メアリーが言った。「アンジェラは意地悪を言ってるだけよ。ガイ・フリーモントはあなたには若すぎるもの」

「聞いて、みなさん！」アガサは皿とグラスを慎重に芝生の上に置いた。「このガーデンパーティーの目的は、関係を修復して、もう一度お互いに友好的にふるまえるようになるためでした。でも、それは大きなまちがいでした。あなたたちはいつもこんなふうなんですね、殺人があろうとなかろうと。常に底意地が悪く、不平たらたらで、悪意のこもったことを口にし、性悪で。こうした人々がひとつの教区会に集まったこと自体、びっくりよ」

アガサは立ち上がると家に入っていき、寝室に上がった。そしてベッドの端にすわると、ぼんやりと宙を見つめた。自分とガイについて言われた言葉のせいで、焼けるように胸が痛かった。ジェームズの前で言われなかったら、あれほど気にならなかっただろうけれど。

寝室のドアが開いてジェームズがそっと入ってきた。

「きみは奇跡を起こしたよ、アガサ」

「何ですって？」アガサはとまどって彼を見上げた。

「きみが爆発したせいで、みんながひとつになったんだ。下りてきて、わたしといっしょに庭の隅に静かにすわっていよう。そして連中に勝手にしゃべらせ、耳をそばだてていればいい。殺人事件について話しはじめているよ」

「ジェームズ……」

しかし彼はすでに階段を下りていってしまった。打ちひしがれたまま、アガサは庭にいるジェームズのところに行き、みんなから少し離れ、いっしょに芝生の上にすわった。

「どのぐらいシャンパンを注文したの？」アガサがたずねた。お酒の方は任せてくれとジェームズが言っていたのだ。

「一人一本で頼んだんだが、ケータリング会社が予備のボトルをどっさり持ってきたんだ。それでよかったんだが。連中ときたらシャンパンを飲み干しそうな勢いだからね」

「あのウェイターのせいよ。ひっきりなしに注いでるから」

「シャンパンはたしかにフィッシュ・アンド・チップスみたいだと思うよ、アガサ。誰もがそのアイディアは好きだが、実際に味を楽しんでいる人はめったにいない。おや、聞いて！」

「それでロビーナはわたしにこう言っていたんだ。ちょうど殺される前の晩に」フレッド・ショーの顔は赤らみ、少しろれつが回らなくなっていた。「『フレッド、水を汲むことを許さなければよかったとつくづく思っているの』それで、『どうして？』とわたしは訊いた。『あんなに乗り気だったじゃないか』すると、『実は、脅迫状がたくさん届いてるのよ。わたしは静かな生活を送りたいだけなのに』って」

「スピーチでそういうことを言うつもりだったのかしらね？」メアリーがたずねた。

「かもしれない。タイプで打たれたメモに書かれていたことを警察に訊いたが、教えてくれなかったよ」フレッドが答えた。

「ビル・ウォンに訊いた方がいいな」ジェームズがささやいた。

「ロバートがどっちに投票するつもりだったか、誰か知っていたのかな?」ビル・アレンがたずねた。

みんなの首が横に振られた。「あんたはロバートと親しかったんだろ、メアリー」アンジェラが言った。「何か言っていたんじゃないのかい?」

メアリーはかぶりを振った。「わたしには何も。ジェーンは?」

全員の目がジェーン・カトラーに向けられた。彼女はパーティーの最初からあまりしゃべらなかった。太陽の光が、非の打ち所なく整えられた髪と気味の悪いほどなめらかな顔に当たっている。疲れたような目が、ふとみんなを見つめた。

「みんなにあれこれ推測させておくつもりだって言ってたわ。そのことでいらいらしたから、スパイみたいな真似を続ける理由はないでしょ、って言ってやったけれど」ジェーンはフレッド・ショーの方を向いた。「ロビーナのメモはタイプで打たれていたと言ったわね。誰からそれを聞いたの?」

「警察だ」

「妙ね」ジェーンが言った。

「何が？　ああ、もう少しもらうよ」アンジェラがグラスを持ち上げた。

「ロビーナがタイプライターを持っていたのは記憶にないから。だって、彼女は機械音痴だってことを自慢するような女性だったのよ。彼女がタイプライターを持っていたのを誰か記憶している？」

一斉に首が横に振られた。

「誰かにメモをタイプしてもらったのかもしれない」ジェーンが推測した。

「警察の話から、ただのメモで、スピーチ原稿じゃないという印象を受けたけどね」

フレッド・ショーが言った。

「どうして彼女のメモがタイプされていたかどうかを気にしているんだい？」アンジェラ・バックリーが訊いた。「ねえ、タイプしたから殺されたのかい？　馬鹿馬鹿しい」

フレッド・ショーが目をぎらつかせた。「わからないのか？　もし彼女がもともと手書きのメモで水について気が変わったと書いていたとしたら、われわれの目をごまかすために、何者かがちがうメモをタイプしたのかもしれない」

「だとしたら、それはミネラルウォーター会社以外には考えられないわね」メアリー・オーエンが発言した。「最初から、このミネラルウォーター会社には反対だったのよ」

「ああ、そのことなら全員が知ってるよ」アンジェラが鼻で笑った。「チンピラたちにお金を払って、騒ぎを起こさせたほどだもんね。環境に対する配慮とかくだらない口実で。そうだろう、メアリー。あんたは村にチンピラたちを連れてきた。あいつらは泉をセメントで固めるつもりだった。あたしたちの泉だよ、メアリー、あんただけのものじゃないんだ！」

「あいつらの本性を知らなかったのよ」メアリーは弁解した。

「そう、これでわかっただろ！」アンジェラの目は怒りに燃えていた。「最初のデモのときに、どういう連中か嫌というほどわかったはずだよ。だけど、それでも資金を提供し続けた」

「警察に話したように、価値があると思った理念にお金を寄付しただけよ。デモをすることも知らなかった」

「〈キツネを救え〉は、どうなのメアリー？　〈キツネを救え〉だなんて、ふざけないでよ！　警察はあんたがコッツウォルズ狩猟クラブのメンバーだって知ってるのかい？」

「一年前に辞めたわ」

「そのくせ、あたしたちには年をとりすぎたからって説明してたんだ！」

「あんたにはそんなことを言った覚えはないけど。あんたみたいなあばずれに、自分の理念を説明する必要はないと思っていたから。わたしのやり方がまちがっているのに気づいたから辞めただけ。〈キツネを救え〉に寄付したのは償いの意味もあったのよ」

ジェーン・カトラーがクスクス笑った。「なんておかしいの。あなたに思いやり深いところがあるなんて、想像もできないわ、メアリー。あなたなら優秀な殺人者になれそうよね」

「そう、でもわたしにはアリバイがある」メアリーは即座に言い返した。「あんたのアリバイよりもよほど確実よ」

「罪の意識がある人間はいつも鉄壁のアリバイを用意するものよね」

「ご婦人方」ビル・アレンが太陽の光で真っ赤に見える力のありそうな両手をあげた。「休戦しましょう。長年にわたっていろいろ意見のちがいはあったが、ひとつの組織としてやって来たんだ。いいお天気なんだし、もっとシャパンもあるはずだ。だから仲直りして、おおいに楽しみましょう」

「あのウェイターを殺してやりたいわ」アガサがジェームズにつぶやいた。「このままじゃ、莫大な費用がかかるわよ」

「それだけの価値はあるよ。シャンパン代はわたしが持とう」

委員たちはもっと無難な村のできごとについて噂話を始めた。アガサとジェームズのことは忘れ去られたようだった。

ようやくお開きになると、飲みすぎていることも忘れるほど全員が酔っ払い、千鳥足で車に向かった。ジェームズとアガサはさよならと手を振ると、パーティーの残骸のところに戻っていった。

「パーティーの目的があの性悪な連中を結束させることなら、成功したと言えるけど」

「でも、知りたいことがかなりわかったよ。ビル・ウォンをつかまえて、ロビーナのメモについてもっと探りを入れてみよう。それからメアリーの妹を訪ねてみよう。姉のために嘘をついているなら、態度からそれとわかるだろう。口実が必要だな」

「これよ」アガサはシルバーのライターを掲げた。「これはメアリーのものよ。たまたまミルセスターに来たので、彼女が訪ねているかもしれないと思った、と言えばいいわ。わたしたちのどちらかは運転できる状態かしら?」

「わたしは大丈夫だ」ジェームズは言った。「ウェイターにスパークリングアップルジュースを注ぐように指示しておいたんだ。頭をはっきりさせておいた方がいいかと思ってね」

「わたしはここを片付けてもらっているあいだに、コーヒーを飲んだ方がよさそうだわ。濃いコーヒーを」

8

風の強いコッツウォルズの広い空の下、二人は車を走らせた。風は冷たかった。秋の先触れだ。年をとればとるほど夏は短くなり、冬がますます長く暗くなるとアガサは思った。もちろん、田舎に住んでいるのでそうなったのだ。都会では冬の訪れにもあまり気づかなかった。

警察本署に着いてみると、ビルは非番で家にいることがわかった。

「家に行くのは嫌だわ」アガサはぶつぶつ言った。「彼の両親はすごく苦手なの」

「まず電話して、大丈夫かどうか確認しよう」

アガサは公衆電話に行き、ビルの家の番号にかけた。ミセス・ウォンが出てきた。

「ああ、あんたなの」彼女は言った。「どういうご用？」

「ビルと話したいんですが」アガサは辛抱強く言った。

「あら、だめよ——」ミセス・ウォンが言いかけたとき、受話器が手からひったくられ、ビルの声が聞こえてきた。

「わたしたち、非番の日にお邪魔したくなかったんだけど」アガサは言った。

「わたしたち？」

「わたしとジェームズ。だけど、どうしても訊きたいことがあるの」

「こっちに来てください。彼女が来ているんです」

「まあ、それなら失礼した方がいいわね」

「いいえ、ぜひ彼女に会ってほしいんです」

アガサは十分で行くと答え、ジェームズのところに戻った。

「家に来てほしいと言うんだけど、気に入っているガールフレンドが来ているみたいなの」

「で、それが問題なのかな？」

「ある意味では。ビルのことは大好きだから、両親が彼の恋愛をまたもやぶち壊すのを目の当たりにしたくないのよ」

「彼女が本当にビルのことを好きなら、何があっても気持ちは揺るがないだろう」

「でもねえ、ミセス・ウォンは必ず何かやらかすのよ」

二人はビルとその両親のモダンなレンガ造りの家に乗りつけた。そっくりなデザインの家が立ち並ぶ、こぎれいな住宅地だった。

「ちょうどランチの前に一杯やろうとしていたんです」ドアを開けたビルが言った。

「あなたたちもぜひご招待したかったんですが、母が人数分の料理がないと言うので」

「お気遣いなく」アガサはあわてて言った。「ちょっとお寄りしただけだから」

「リビングに行って、シャロンに会ってください。そうしたら裏庭に出て内密の話をしましょう」

小さな寒いリビングに行くと、重苦しい沈黙がたれこめていた。かわいらしい若い女性、シャロンは顔を上げ、ほっとしたように微笑んだ。

「シェリーでいいですか？」ビルがたずねた。彼はふたつの小さなグラスに甘いシェリーを注ぎ、アガサとジェームズに手渡した。「さて、こちらがシャロン・ベックです。シャロン、ミセス・アガサ・レーズンとミスター・ジェームズ・レイシーだよ」

「お会いできてうれしいです」シャロンが小さな声で言った。

「今日は非番なんだろう」ミスター・ウォンが文句をつけた。「どうしてビルの休みの日に押しかけてくるんだろうな」

「警察署の仕事は楽しい？」アガサはシャロンにたずねた。

「ええ、とっても。職場の女性はとても親切にしてくれますし」

「結婚したら、女性は働かせるんじゃないぞ」ミスター・ウォンが口をはさんだ。

気まずい沈黙が広がったが、それに気づかないかのようにミセス・ウォンが言った。

「予備の寝室を作っておいてよかったわ」

また沈黙。

「どうしてですか？」アガサが思い切ってたずねた。

「ビルが結婚したら、ここに住めるからよ」

「最近の若い夫婦は、両親といっしょに住まないと思いますよ」ジェームズが言った。

「住まない理由はないでしょ」とミセス・ウォン。「ビルがシャロンと結婚したら、仕事を辞めなくちゃならないでしょ。赤ん坊の世話もあるしねえ。それにビルの稼ぎだけじゃ充分じゃないし」

シャロンは茂みに隠れようとしている怯えた動物のように見えた。

「ランチパーティーの邪魔をしたら申し訳ないわ」アガサは立ち上がった。「ちょっとだけお話しできるかしら、ビル？」

「いいですよ。庭に行きましょう」

「すぐ戻ってよ」ミセス・ウォンが叫んだ。「シェパードパイだから」

庭はビルの領土で、その美しさは家の中のよそよそしく息苦しい雰囲気とは対照的だった。

「で、何を知りたいんですか?」ビルはたずねた。

「ロビーナ・トインビーが残したメモだが、タイプで打たれていたのか?」ジェームズがたずねた。

「そうです」

「でも、彼女はタイプライターを持っていなかった」アガサが言った。

「ええ、見つけられませんでした。誰かに打ってもらったのかどうか、村で聞き込みをしているところです」

「メモには何が書いてあったの?」

「たいしたことは何も。ただスピーチの概要だけです。歓迎の挨拶で始めるとか、ミネラルウォーター会社が村に与える利益を解説とか、そういったことです。小さな用紙二枚だけです」

「それ、おかしいと思わない?」アガサがたずねた。「だって、タイプライターがないのよ」

「それで調べているんですよ」

「フレッド・ショーは、前の晩にロビーナのコテージに行ったんだ」

「知っています」ビルはしおれたバラの花を摘みとった。「彼の方から署にやって来て話してくれました。彼女は匿名の手紙に怯えていたという話だったが、焼き捨てたにちがいない。一通も発見できなかったんです」

「ちょっと待って」アガサが眉をひそめた。「あることを思いだしたの。フレッド・ショー。彼は村祭りでスピーチをする気まんまんだったのよ。わたしはどうやってあきらめさせようかと途方に暮れていた。その件で相談するために訪ねてくると言っていたのに、とうとう現れなかったわ」

「プリティ・ガールズがオープニングに来ると知って、気が変わったのかもしれませんよ」

「たしかに。でも、彼はとてもうぬぼれ屋でいばってる人だから、どうなのかしら。それに、他にもあるの。話したかどうか覚えていないんだけど、アンディ・スティッグスとロバート・ストラザーズのあいだには積年の恨みがあったんですって。アンディは亡きミセス・ストラザーズと結婚したかったのに、ロバートに彼女を奪われたと恨んでいたの」

「だけど、どうしてロビーナ・トインビーを殺すんですか？」ビルが質問した。

「アンディ・スティッグスはミネラルウォーター会社に反対だったからよ」

「ビル！」ミセス・ウォンが甲高い不機嫌な声で、戸口から呼びかけた。「ランチに来るの、来ないの？　結婚したら、食事は時間どおりに出してほしいって、シャロンに言っていたところなの」

「今行くよ、母さん」

「まだ婚約していないんでしょ？」アガサがたずねた。

「まだです」ビルはにやっとした。「だけど、母さんはいつもこの調子で。すぐに期待に胸をふくらませるんですよ」

「そうね、お母さんはいつもこの調子なのよ」アガサはビルの家を出て車に乗りこむと言った。「母親のせいで女性が怯えて逃げてしまうことが、ビルにはわからないのかしら？　だけど、だめね。彼は両親を崇拝しているし、彼らの言動に悪いところなどないと信じているから」

「それだったら、たいていの人間よりも幸運だと思うよ。きみは自分の両親を崇拝していたかい、アガサ？」

「両親はほとんど酔っ払っていたわ。早く家を出たくてたまらなかった。あなたは？」

「両親はすばらしい人たちだった。父は十年前に亡くなり、母はあとを追うように一年後に亡くなった。母は父を心から愛していたんだ」

「何で亡くなったの？」

「父は心臓発作で、母は癌だよ」

「癌の話をよく聞くわ」アガサは嘆いた。「煙草を止めなくちゃね」

「禁煙の成功率が高い催眠術師がミルセスターにいるよ。〈コッツウォルズ・ジャーナル〉に彼についての記事が載っていた。まだ手元にあると思う」

「帰ったらちょうだい。試してみるわ」

「さて、ミセス・ダーシーの家は覚えているかい？」

「中心部まで戻れば、案内できるわ」

まもなく二人はメアリー・オーエンの妹が住んでいる静かな通りをゆっくりと走っていた。「ここで停まって」アガサが言った。「車を降りて歩いていきましょう。はっきりどこだかわからないの。暗かったし」

二人は歩きはじめた。「このあたりだと思うわ」アガサは立ち止まった。「街灯があったし、そうライラックの木があった」

「ライラックの木なら何本もあるよ」

「ともかく試してみましょう」

しかし戸口に出てきた女性はミセス・ダーシーではなかった。ミセス・ダーシーは二十二番地に住んでいますよ、と彼女は教えてくれた。

そこで二十二番地まで行った。

ミセス・ダーシーはドアを開き、二人を見るとうんざりした顔になった。「あら、あなたなの」彼女はアガサに言った。「それから、こちらはどなた？」

「ミスター・ジェームズ・レイシーです」

ミセス・ダーシーはべっこう縁の眼鏡をかけ、糊のきいたコットンドレスを着ており、昼間の明るい光で見ると姉とそっくりなところがかなり薄れていた。姉よりも身長が少し低かった。

「どういうご用件ですか？」彼女はたずねた。

「われわれはこのぞっとする殺人事件を解決する手伝いをしているんです」ジェームズが魅力的な笑みを浮かべながら言った。「それとメアリーがミセス・レーズンのコテージにシルバーのライターを忘れていったので、たまたまミルセスターに来ていますし、あなたにお預けしていこうかと思いまして」

「それであなたは殺人事件とどういう関係があるの？　この女性が首を突っ込んでくるのはわかりますけど、あなたはちゃんとした紳士でしょ」

すよ」

「誰よりもあなたはこの殺人事件が解決されることを望んでいるだろうと思ったんで

「どうしてわたしが?」

「ミス・オーエンがあなたのお姉さんだから」

「それがどうつながるの?」

犬を散歩させていた女性が庭の門のそばで立ち止まって、熱心に聞き耳を立てていた。

「中に入っていただいた方がよさそうね」ミセス・ダーシーはしぶしぶ言った。

彼女はリビングに二人を案内した。緑色の壁にすすけた油絵が何枚かかけられた陰気な部屋だった。

アガサとジェームズは並んでソファにすわった。

ミセス・ダーシーは暖炉の前に立った。

「それで? メアリーがどう関係するの?」

「あなたのお姉さんは」とジェームズが辛抱強く言った。「〈キツネを救え〉の人々に資金提供してデモをさせていたんです」

「そんな証拠はないでしょ! メアリーは親切な人なの。りっぱな理念に対して寄付をしていただけよ」

「メアリーがそもそもキツネの心配をしていたとは、これっぽっちも信じられないわ」アガサが言った。

「田舎のことはまるっきりご存じないくせに」ミセス・ダーシーはアガサに背中を向けた。

「ミセス・レーズンにそんな失礼な態度をとる必要はないはずだ」ジェームズが声を荒らげた。「それどころか、あなたがそんな態度をとるのは、お姉さんのことを心配しているからだと思う」

「心配する理由なんてないわ。誤解です。あなたの役に立つような話は全然ありませんよ。ロバート・ストラザーズが殺された夜、メアリーはここにいた。姉にはロビナ・トインビーを殺す理由なんてまったくない。だいたい、姉が誰かを殺したかもしれないとほのめかすなんて、とんでもない侮辱よ。わたしたちはいっしょに夕食をとったの。カーテンを引かなかったから、数人の隣人がそれを見ているわ」

「何時だったんですか？」ジェームズがたずねた。

「七時ぐらいかしら。遅く食事をするのは嫌いなんです」

「そして、二人とも何時に寝ましたか？」

「十時ぐらいね。朝、メアリーはミルクと新聞を買いに雑貨店に行った。そして朝食後にアンクームに帰ったわ。二人ともこの件は警察に任せておいた方がいいわよ。では、そろそろお引き取りに……」


外に出ると、アガサはジェームズの腕をつかんだ。「メアリーはアンクームに行ってロバート・ストラザーズを殺す時間がたっぷりあったわ」

「それは信じられないな」ジェームズは首を振った。「車がアンクームで目撃される可能性もあった」

「自分の車を使う必要はないわ。妹の車に乗っていけばいいのよ。アリバイを作るために妹のところに泊まったのかもしれない」

ジェームズはにやっとした。「メアリーだったらいいと思っている気持ちはわかるよ。しかし、時間をむだにしている気がするな。フレッド・ショーに当たってみよう」

「雑貨店でちょっと確認することならできるわ。彼女が本当にミルクと新聞を買ったか訊いてみるのよ」

「警察がもうやっているよ」

「でも……」

「ああ、わかったよ。歩いて行こう」

その雑貨店は、そのたぐいの店の最後の生き残りであることがわかった。食料品と新聞だけではなく、絵葉書、おみやげ品、ガーデニング用肥料の袋まで置かれていた。カウンターにはしわくちゃの男がいた。「警察の取り調べの手伝いをしているんです」ジェームズは店の薄暗がりでさっとクレジットカードをかざした。

「知っていることは警察にすべて話したよ。ミセス・ダーシーの姉さんが殺人のあった翌朝、ここに来た。〈エクスプレス〉と〈デイリー・テレグラフ〉とミルクを買っていった」

「ミス・オーエンにまちがいありませんか？」アガサがたずねた。

「ああ、前にも来たことがあったからね。それにこんなようなことを言ってたんだ、『妹を訪ねてきているの。ミルクを買っておいてくれなかったのよ』って」

「でもミス・オーエンとミセス・ダーシーはとても似ているでしょ」

「ミセス・ダーシーは眼鏡をかけてるよ。姉さんの方はかけてない」

「でもミセス・ダーシーが眼鏡をはずしたら？　二人のちがいを見分けられますか？」

「たぶんね。ミス・オーエンはいつもズボンをはいているし、ミセス・ダーシーは上っ張りを着ている」

ジェームズはアガサの腕を引っ張った。「このぐらいでけっこうです。これ以上ご面倒をおかけするつもりはありませんよ」

「わからない?」アガサは車に戻りながら言った。「ミセス・ダーシーは姉の身代わりになれたのよ。ビルに報告した方がいいわ」

「わたしの考えていることがわかるかい?」ジェームズが憂鬱そうに言った。「店主はわれわれの訪問についてミセス・ダーシーにご注進し、彼女は警察に苦情を言い、わたしたちは刑事か何かになりすましたことで説教されるだろう、ってことだ」

「絶対そんなことないわ」

「いや、そうだよ。ミセス・ダーシーが姉になりすましたとほのめかしていたと、店主は他の客にも話すだろう。法廷に引っ張り出されないことを祈るよ。ともあれ、ビルに報告しに行った方がよさそうだ」


ビル・ウォンは彼らの話を聞くうちに、表情が暗くなっていった。

「今回はやりすぎましたね」ビルは言った。「彼女が苦情を申し立てたら、あなたたちをかばえませんよ。もう放っておいてください。調査なんてけしかけるんじゃなかった」

「だけど、わたしたちはひとつ新しい事実を発見したわよ」アガサは訴えた。

「いいえ、あなたたちはまずいことをしたんです。ダメージを最小限にするために何かすることもできない。このあと、何も苦情を言われないことを祈りましょう」

「さて、どこに行く?」警察署の外の駐車場に立って、アガサはたずねた。

「フレッド・ショー?」

「自分がちっぽけに感じられるわ」アガサはぼやいた。「先生に叱られたみたいな気分。自分が悪い人間だっていう気がしてきたわ。言っておくけど、最初の殺人事件が起きてから、これほどたくさんの人に侮辱を受けたのは人生で初めてよ」

「まあ、気にしない方がいい」あまり心のこもっていない口調だった。「フレッドに会いに行こう」

二人はミルセスターを出た。八月の終わりだった。数枚の木の葉が早くも黄色に色づき、空気にかすかな冷たさが感じられる。田舎の暮らしでは毎年冬になると、霧と凍りついた道が死を招きかねない。どこか暖かい場所で休暇を過ごして、悪天候やクリスマスの狂乱した陽気さを恋しがることもできたが、しだいに猫たちを置いていくことがためらわれるようになってきた。二匹が亡くなったら、もう動物は飼わないわ、とアガサは心に誓った。いつも心のどこかで二匹は無事だろうかと考えていると、どこに出かけても楽しくなかった。

ガイのことが頭に浮かんだ。彼と外出すると、少なくともわくわくした。でも、わたしの手に入れたものを見て、という勝利感は、ガイの相手として自分は年をとりすぎていると世間の人々に思われていることを知り、すっかり色あせてしまった。

そしてジェームズのことは？　彼はとても巧みに運転していて、二人が厄介なことになるかもしれないという事実にも、うろたえていないようだ。おそらく彼はうまく逃げてしまい、わたし一人に報いを受けさせるつもりなのだろう、と寂しく考えた。

ジェームズに対して自分がどう感じているのか、もはやわからなくなっていた。男女の仲は前へ進まなくてはならない、たとえ一センチでも。さもないとアガサが借りてくるビデオのように、映画が終わったらテープが巻き戻されてしまう――ただし、彼女の心の中ではテープに楽しい光景はひとつもなく、長い拒絶の場面だけが続いていた。

アガサはこの事件をどうしても解決したかった。もし決着がついたら、彼と距離を置こう。

アンクームに入ると、フレッド・ショーの店の前で停まった。彼は客の相手をしているところだったが、店内を見渡したときに二人に気づいた。「すぐに行きます」彼は叫んだ。

彼は客に電池を四つ売り、さよならと送りだすと、二人に近づいてきた。

「どういう用件かな？」用心深い口調でたずねた。

「二、三質問があるんです」ジェームズが言った。

「ランチで店を閉めるところなんだ。店の奥に来てください」

彼はドアに鍵をかけ、ブラインドを下ろした。顎をしゃくったので、二人は彼のあとから店の裏に行った。

「それでどういう用件かな？」今回はウィスキーは勧められなかった。

「この殺人事件が解決するまで、アンクームの生活は二度と以前と同じには戻らないでしょう」ジェームズは口を開いた。

「それがわたしとどういう関係が？　警察が捜査をしているんだろう」

「ええ、でもあなたは商売人です。抜け目のない方でしょ」アガサがすばやく口をはさんだ。

フレッドの顔から辛辣さがすうっと消えた。「たしかに他の人が気づかないようなことを、いろいろと見聞きしているよ」機嫌が直ったようだった。

「アンディ・スティッグスはミセス・ストラザーズに恋をしていたそうですね。ミセス・ストラザーズはご主人よりもかなり若かったにちがいない」

「ああ、そうだ。アンディは自分の方が教区会の議長にふさわしいとも考えていた。これで議長になれるだろう」

「彼がロビーナも殺した可能性はあるでしょうか？」アガサはたずねた。

「おやおや、彼がロバートを殺したとはひとことも言ってないよ。しかし、彼はロビーナの家に入り浸っていた。もしかしたら何かを目撃したのかもしれない」

「アンディ・スティッグスはミネラルウォーター会社に反対でした。それでロビーナとの関係が気まずくなったのでは？」アガサが意見を言った。

「彼はロビーナを説得して翻意させられると考えていたんじゃないかな」

アガサはフレッドを眺めながら、スピーチについての質問をいつはさめるだろうと考えた。とりあえず、こう言った。「スティッグスは結婚していたんですか？」

「ああ、エセル・フェアウェザーとね。ロバートが結婚したあとに意趣返しで。そして妻の死まで不幸な結婚生活を送った。あばずれ女だったんだ。自分のひどい結婚生活をロバートのせいにしていたところもあったな、わかるだろう？」

「彼はどこに住んでいるんですか？」ジェームズがたずねた。「住所はわかっているんですが、どのコテージかはっきりわからなくて」

「教会を通り過ぎて左手の二軒目だ」

「スピーチの件でとうとう相談にいらっしゃいませんでしたね」アガサが言った。

「スピーチって？」

「村祭りでする予定になっていたでしょ」

「プリティ・ガールズが来ると聞いて、わたしなんておよびじゃないと思ったんだ」

でも、プリティ・ガールズはぎりぎりになって手配したのに、とアガサは思った。それにジェーン・ハリスがオープニングに来ることになっていたときは、スピーチをしてもかまわないと考えていたのだろうか。

「メアリー・オーエンは事件に関係ないと思いますか？」アガサが質問した。「というのも、結局のところ彼女は破産していないとわかったんですよ。あの抗議グループに資金援助していたんです」

「彼女は体が大きいし、力もあるし、よこしまでもある。しかし、わたしならアンディ・スティッグスを選ぶよ」フレッドは言った。

「以前はメアリー・オーエンだとお考えでしたね」

「そうだったかい？　覚えていないな」

「じゃあ、アンディ・スティッグスに話を聞きに行こう」店を出ると、ジェームズが提案した。

「どう話を切りだすの？」

「フレッドと同じだ。事件を解決したいと言うんだ」

アンディ・スティッグスのコテージはコッツウォルズ産の石でできた蜂蜜色の建物で、新しい茅葺き屋根がつけられていた。ありふれているが感じのいい花が咲き乱れている。ストック、ホウセンカ、ヒエンソウ、ルピナス、バラ。バラは家までずっと植えられていた。

アンディ・スティッグスは花壇の草むしりをしていた。二人が庭の門から入っていくと、腰を伸ばした。

「何だね？」ぶしつけにたずねた。

ああ、警察から派遣されたので「二、三質問したい」と威厳たっぷりに言えればいいんだけど、とアガサは思った。

「村に来たので、ちょっと寄ってご挨拶しようと思ったんです」ジェームズが言った。

「なぜ?」大きな手から土を払い落とした。

「教区会の副議長で、もうすぐ議長になる方ですから、村で起きていることをよくご存じですよね」

「それが、あんたとどういう関係があるんだ? ここに住んでいないんだろう」

「もちろん、この殺人事件が解決されることを願ってますよね?」

「もちろんだ。それに答えはあきらかだよ。ミネラルウォーター会社のしわざだ。かわいそうなロビーナは意見を変えたので、やつらに殺されたんだと信じておるよ」

「企業が人を殺すのはテレビの中だけだと思ってました」アガサは言った。

「あんたはガイ・フリーモントといちゃついているから、はっきり物が見えなくなってるんだろう」アンディが言った。

「それはまったく関係ないことでしょ!」アガサは顔を真っ赤にして叫んだ。

「わたしに言わせれば、おおいに関係あるね。さもなければ、あんな若い男があんたほどの年の女に興味を示すかね?」

「もうけっこう」ジェームズが冷たく言った。「あなたも容疑者ですよ。ロバート・ストラザーズに生涯の恋の相手を奪われたそうですね」

「はるか昔のことだ」

「時がたつにつれ、恨みが大きくなることもあります」

アンディはくわをつかむと、それを二人に振り回した。「出ていってくれ。もう二度とやって来るな。さもないと……」

「さもないと、どうするんですか？」ジェームズがたずねた。「わたしたちを殺す？　行こう、アガサ」

「なんだか頭痛がしてきたわ」アガサは車に戻りながら言った。「家に帰ってちょっと横になりたいんだけど」

「一日分の仕事としては、このぐらいでもう充分だと思うよ」ジェームズは言った。

三十分後、アガサはベッドの上掛けの下にもぐりこみ、膝を顎に引きつけて丸くなった。殺人事件の調査はもう続けられない気がした。教区会のメンバーに侮辱されたせいで、おじけづいていた。

上掛けは暖かく、気温が高い日だったにもかかわらず、アガサは震えていた。カースリーの安心感と安らぎと慰めがことごとく奪われ、またもや敵意に満ちた世の中に一人放りだされた気がした。

電話が大きく執拗に鳴った。アガサは肘をついて体を起こし、電話を見た。ジェームズだったら？　いいえ、たぶんロイがＰＲの仕事に復帰させようとして電話してきたのよ。鳴らしておいて、しばらくしたら留守番電話をチェックして誰がかけてきたか確認しよう。

彼女はベルが鳴り終わるのを待って、一五七一をダイヤルした。「メッセージが一件あります」きどった声が言った。「お聞きになりますか？」

「ええ」アガサはつぶやいた。

「よく聞きとれませんでした。メッセージをお聞きになりますか？」

「はい！」アガサはやけくそになって叫んだ。

アガサは待った。それから、がさつな声が流れてきた。「メアリー・オーエンよ。できるだけ早く会いに来てほしいんだけど」

あらまあ、とアガサはげっそりしながら思った。わたしたちが雑貨屋で聞き込みをしたことが耳に入ったのね。ジェームズに連絡した方がよさそうだわ。

しかしジェームズは電話に出なかった。アガサはベッドから出ると顔を洗って服を着た。ふいにジェームズを待っているのが面倒になった。さっさとこの件に片をつけてしまいたかった。

アンクームの屋敷に車を走らせながら、嫌がらせやプライバシーの侵害でメアリーはわたしを裁判にかけるつもりだろうか、とずっと考えていた。

メアリーがドアを開けた、「ついてきて」彼女はそっけなく言った。メアリーは暗いリビングに入っていった。梁のある天井、厚手のカーテン、ガラスケースに入れられた剝製、真鍮の壺。ホラー映画に出てくるリビングみたいだった。

「すわって」メアリーが大声で言った。

「立っていたいわ」アガサはその方が早く逃げだせると思った。

「けっこう。あんたが地元の店主にあれこれ質問したせいで、妹の近所で変な噂が流れているの。そういうことをまたやったら、ぞっとする事故があんたの身に起きるでしょうね」

メアリーはそう言いながら、アガサに近づいてきたので、アガサは一歩あとずさった。

「未解決の問題をはっきりさせようとしていただけよ」アガサは弁解した。「あなたが無実なら、怖がることは何もないでしょ」

「あんた、自分が何様だと思ってるの？」メアリーはアガサの肩をつかみ、暖炉の上の大きな鏡の方に向かせた。「自分を見なさいよ！ ただの中年女でレディじゃない。おまけに関係のないことに首を突っ込んでくる」もう一度アガサを小突いた。「もう出ていって。それから覚えておいて、またおせっかいな真似をしたら、あんたを探しに行くってことを！」

縮み上がりながら、アガサは玄関によろよろ向かった。車で走り去るとき、バックミラーでメアリーがこちらを見ているかどうかすら確認しなかった。二度と彼女とは顔を合わせたくなかった。

自分のコテージで車を降りるときに、ミセス・ダリがこちらにやって来た。小さなキャンキャン鳴く毛の塊が彼女の前をトコトコ走っている。

「ミセス・レーズン！」彼女が呼びかけてきた。

ダリ、ダーシー、オーエン、みんな意地悪女よ、とアガサは思って、鍵をとりだすと、さっさとコテージに入っていきバタンとドアを閉めた。

ドアにもたれて、大きく深呼吸した。

ドアベルが鳴った。「帰ってちょうだい！」アガサは叫んだ。

「大丈夫なの？」ミセス・ブロクスビーの声がドアの向こうからかすかに聞こえた。

アガサはドアを開けたとたん、泣きだした。

「あらまあ、キッチンに行きましょう」ミセス・ブロクスビーはアガサのわなないている肩に腕を回した。

ミセス・ブロクスビーは、袖で目をこすっているアガサをキッチンに連れていき、そっと椅子にすわらせた。

「濃くて甘いお茶を淹れるわね」牧師の妻は言うと、電気ケトルのプラグを入れ、キッチンカウンターにあったティッシュの箱をアガサに渡した。

アガサは洟《はな》をかむと、弱々しく言った。「ごめんなさい。いろいろあって参っちゃって」

「お茶を淹れるまで待って。それからすっかり話してちょうだい」

まもなく、お茶のマグを両手で包みこみながら、アガサは洗いざらいぶちまけていた。ガイとの情事の屈辱について、ジェームズとの関係がよくわからないことについて、最後にメアリー・オーエンからの脅しについて。

「それはおもしろいわね」ミセス・ブロクスビーは言った。「メアリー・オーエンのことだけど」

「わたしを脅せるぐらいだから、メアリーは二人を殺せたと言いたいの？」

「そういうわけじゃないわ。メアリー・オーエンと妹が主張しているとおりの正直な人間で、腹を立てているなら、どうして警察に文句を言わなかったのかしら？」

「もしかしたらそうしたかも」

「知る方法はある？」

「ちょっと待って。ビルに訊いてみるわ」

ほっとしたことに、ビル・ウォンは署にいた。「今度は何ですか、アガサ？」彼は語気鋭くたずねた。「何をやっているんですか？」

アガサはメアリーの脅しについて話した。「メアリーか妹から、わたしとジェームズについて警察に苦情が入った？」

「いいえ、ありがたいことに」

「考えてみてよ、奇妙でしょ？　彼女と妹が主張どおり無実なら、ただ警察に行けばいいだけじゃない」

沈黙が広がった。それからビルはのろのろと言った。「なのに逆にメアリー・オーエンに脅されたと、あなたは苦情を言っている」

「まあね、誰も証人はいないわ。でも、彼女は電話してきて、留守番電話にすぐ家に来てほしいというメッセージを残したのよ」

「まだ保存してありますか？」

「ええ」

「とっておいてください。あとで聞きたいので。でも、彼女と話をしてきますよ」

「メアリーがお金に困っていないというのは本当なの、ビル?」

「ああ、それですか。ええ、銀行口座をチェックしました。とても裕福ですよ」

「じゃあ、どうしてフレッド・ショーは彼女がお金に困っていると言ったのかしら?」

「彼に訊いてみました。庭仕事も掃除も、たまに手伝いを頼むぐらいで全部自分でやっているからだ、という答えでしたよ。破産したんだと勝手に推測していたんです。あとはぼくに任せておいてください」

彼は電話を切った。アガサはキッチンにいるミセス・ブロクスビーのところに戻った。「メアリーも妹も警察に苦情を言ってきていないんですって」

「とても奇妙ね。それに、あなたがそんなにしょげているのを見るのはつらいわ」

「ガイとの関係で侮辱や皮肉をさんざん言われたせいなの。まるで自分がふしだらな女みたいな気がしてきちゃって」

「すべてを本気にしちゃだめよ。ようするに、あなたが相手にしているのは怯えた人々だってこと。全員が容疑者で、本人たちもそれを知っている。その恐怖をあなたにぶつけているだけよ、あなたは事件について嗅ぎ回って、うしろ暗いことを見つけだそうとしている敵だから」

「そんなふうに考えたことはなかったわ。あなたが来る前に、ミセス・ダリの鼻先でドアを閉めてやったの。あの人、ぞっとするんですもの」

「残念ながらそのとおりね。元気を出して。彼女はカースリーにはとても失望した、あまりいい場所じゃないと嘆いていたわよ。もうじき、出ていくんじゃないかという気がするわ」

「それを祈るわ。あの人の魂は悪臭ふんぷんですもの」

ミセス・ブロクスビーが帰ってしまうと、アガサは二階に行き、顔を洗ってメイクをした。ジェームズを訪ねて、メアリーについて報告するつもりだった。両腕でぎゅっと抱きしめて慰めてくれたらうれしいけれど。

身構えながら、アガサは隣に行きベルを鳴らした。

ドアを開けたジェームズはあせっているようだった。「どうしたんだ、アガサ?」

「入ってもいいかしら?」

「実を言うと、荷造りで忙しいんだ」

「どこに行くの?」

「二、三日、ロンドンに行くつもりなんだよ」

「どうして?」

「個人的な用で」

アガサはきっぱりとはねつけられ見捨てられた気がして、メアリーのことを言えなくなった。「じゃあまた」弱々しく言うと、帰ってきた。

ジェームズは肩を落としたアガサをいらだたしげに見送った。呼び戻そうかと思ったが、思い直し、荷造りのためにまた家の中に戻っていった。


自分のコテージに戻ってきたアガサは、ロイのオフィスに電話した。一人でいたくなかった。ロイなら頼めばきっと来てくれるだろう。

ロイが電話に出た。「ミネラルウォーター会社について気が変わったんですか、アギー？」

「え？」

「つまり、彼らのために仕事を続けるつもりなんですか？」

「いいえ」

「じゃあ、これはただの世間話かな？」

「週末にこっちに来ないかと思って電話したの」

ロイは土曜日にバーベキューをするからとボスに招待されていたし、そんな大切な誘いを断るつもりはなかった。とりわけ、ボスに適齢期の娘がいるとなれば。

「すみません、忙しいんです。また別の機会に」

「わかったわ。じゃあね」

アガサは電話を見つめながらすわりこんだ。自分もスーツケースに荷物を詰めてヒースローまで車を飛ばし、搭乗できる最初の飛行機でどこかに行こうかと考えた。

電話が鳴った。アガサは嚙みつかれるのを恐れているかのように、おそるおそる受話器をとった。

「アガサ！」ガイの声だった。「あなたに会えなくて寂しかったよ。土曜日にディナーをどうかな？」

「そうねえ……」

「ね、いいだろう。またあなたに会いたいんだ。ミルセスターのフレンチレストラン。あそこでどうかな？　八時に迎えに行くよ」

「わかったわ」さよならと言って受話器を置きながら、だって、他に誰もわたしを求めていないんだもの、と考えていた。

金曜にはすっかり気分が落ち着いていた。健康的な散歩とカースリー婦人会の居心地のいい会合のおかげで、冷静さを取り戻したのだ。それにミセス・ダリが休暇に出かけたというニュースにもほっとした。

金曜の夜遅く、ガイとの約束をキャンセルすることにした。まさに受話器に手を伸ばしかけたとき、電話が鳴った。用心しながら慎重に受話器をとった。

「ポーシャ・サーモンドです」冷ややかな声が言った。「話し合うべきだと思うんですけど」

「いいわよ、話して」

「電話では話したくありません。こっちに来られませんか？」

「こっちってどこなの？」

「グリーブ・ストリート五番地に住んでいます。ミルセスターの大聖堂の近くよ」

「知っているわ。どうして今なの？　もう遅いのに」

「長くはかからないわ」

アガサは好奇心に負けた。「三十分で行くわ」

彼女は静かな夜の道を走って、A44号線からフォス街道に出た。空気はひんやりしていた。夏はもう去ったのだ。

ジェームズはポーシャをディナーに連れだしたのかしら。実はそのことを探りだしたかったのだ。

グリーブ・ストリートは砂利敷きの暗くて狭い通りだった。通りの突き当たりで銀色の月が空に浮かび、巨大な大聖堂が左側の家々にのしかかるようにそびえている。大きなイギリスの大聖堂や教会堂は、神の力よりも国家権力や王冠や軍隊をアガサに連想させた。

車を停めた。五番地はこぢんまりした家で、馬屋《ミューズ》を改造した家みたいに見えた。窓の向こうには明かりがついていた。

アガサはにやついている悪魔をかたどった気どった真鍮のノッカーでドアをたたいた。

ドアの向こうでハイヒールのコツコツという音が響き、ポーシャがドアを開いた。玄関ホールの照明が彼女のブロンドの髪を輝かせた。

「入ってちょうだい、ミセス・レーズン」

ポーシャは緑色で統一された小さなリビングにアガサを案内した。緑のじゅうたん、緑と金色のカーテン、ソファと二脚の肘掛け椅子にかけた緑のリネンの布。壁にはさまざまなポーシャの写真が飾られていた。

「すわって。この件に片をつけたいのよ」ポーシャはいきなり言いだした。

「いいわ。そうしましょう」

「わたしはガイ・フリーモントとつきあっているの」ポーシャが言った。

「本当に？」どうしてもっと驚かないのだろうと我ながら不思議だった。

「ええ、本当よ。あなたはただのお遊び。彼はマザコンなんだと思う。あなたには手を引いてほしいの」

「婚約とか結婚とかしているの？」

「いいえ」

「じゃあ、何が問題なわけ、お嬢ちゃん？」

「あなた、笑いものになっているのよ。みんながあなたを笑っている。このあいだも、オフィスでこう言う人がいたわ。『このあいだの夜、ガイといっしょにいたあの年配女性は誰？　彼のお母さんかな？』」

アガサはすっくと立ち上がった。足が鉛のように感じられた。言葉で言えないほどの疲れを感じた。彼女はポーシャを見下ろした。

「くたばればいい、この馬鹿女。さっさとくたばれ。あんた、自分にPRの仕事ができると思ってるの？　ふん、男と寝ても記事はとれないのよ。あんたみたいなオツムの弱い女がこれまでに何人も挑戦したけど、一人も成功しなかった。いい、二度とわたしに電話しないで。二度と話しかけないで」

アガサは大股で玄関に向かった。ポーシャは彼女のあとをついてきて、腕をつかんだ。「明日、彼とディナーに行くんでしょ？　行かないで」

「放して！」アガサはポーシャのあばらに肘鉄を食らわせると、外に出て車のドアを開けた。

「これは警告よ！」ポーシャが叫んだ。

「それなら列に並んで順番を待つのね」

アガサは車に乗りこむと、走り去った。ステアリングを握る手は汗ばんでいた。もはや耐えられなかった。でも、ガイとのデートには行くつもりだ。このアガサ・レーズンが、何をしろとか何をするなとか、あのブロンドのあばずれに命令されてたまるものか。

9

翌朝、ビル・ウォンがアガサを訪ねてきた。彼はとても憂鬱そうで疲れているようだった。

「メアリー・オーエンの件はどうだった?」アガサはたずねた。

「すべてを否定しました。あなたの非難は荒唐無稽で、あなたは頭がおかしいと言っています。それ以外の侮辱については繰り返したくありません」

「この事件のせいで落ち込んでいるみたいね」

「事件のせいだけじゃないんです、アガサ。シャロンのことで」

「ああ」

「最初は母親が訪ねてきているとか、髪を洗うとか、そういう口実でデートできないと言っていたんです。それで、もう終わりなのかと率直にたずねたら、そうだって言うんですよ。何が起きたのかさっぱりわからない。とてもうまくいっていたのに」

アガサは深呼吸した。「ビル、お母さんが彼女を怯えさせたとは思わない？」

「母さんが？　どうして？」

「ほら、結婚のことや、シャロンとあなたがいっしょに住むことを話していたでしょ」

「どうしてそれがシャロンを怯えさせるんですか？」

「ビル、義理の両親と住みたがる女性はいないわ、どんなにすてきなご両親でも」

「だけど、シャロンだって何か説明してくれてもよさそうなものなのに」

「その必要はないもの。あなたはまだプロポーズもしていなかったのよ。彼女は結婚の方へ強引に背中を押されている気がしたんじゃないかしら」

ビルはふさふさした黒い髪を両手でかきむしった。「そんなこと、考えてもみなかった」

アガサは首を振った。ビルは警察の仕事ではとても頭が働くが、女性の扱いにかけては実に鈍かった。

「まあ、ぼくの恋愛についてはもういいです。あなたの方はどうですか？」

「さんざんよ。ジェームズはまた出かけたわ。たぶんメアリー・オーエンや妹とのトラブルを予想したせいだと思う。だから、わたし一人にトラブルに対処させるつもりで、トンズラしたのよ」

「ジェームズらしくないな」

「あら、いかにもジェームズのやりそうなことよ。キプロスでも同じことをしたもの。だから今晩、ガイ・フリーモントと会うつもりなの。実はもうあまり会いたくないんだけど。ポーシャ？　ポーシャがわたしに警告してきて……」

「ポーシャ・サーモンド、秘書の？」

「そうよ。ガイとつきあっていると言ってたわ」

「めちゃくちゃだ。あなたは本当にガイが好きなんですか？」

アガサはため息をついた。「自尊心が傷つけられたときだけ会いたくなるの、今みたいに。年下のハンサムな男性がわたしを相手に選んでくれたことで、虚栄心が満足させられるのよ。でも、彼といっしょにいるところはもう人に見られたくないわ。自信がぺちゃんこにされたから。チェルトナムの〈マークス&スペンサー〉まで車を飛ばして何か買ってきて、家で食事をしようかと思っているわ」

「彼はどこかのレストランに予約を入れてあるんじゃないですか？」

「だとしても、キャンセルすればいい。彼に関係は終わりだと告げるには、静かで他人の耳がない場所がいいわ」

「じゃあ、彼と関係を持っていたんですね！」

「ショックだった？」

「いいえ。それはないです。ぼくたちが友人同士のせいですね。ただ、そんなふうにあなたを考えたことがなかったから」ビルは笑った。「母親が誰かと関係を持っているのを知ったみたいな感じかな」

ビルの嫌な母親の姿が目に浮かんだ。愛とロマンスのことはもう忘れた方がいいのだろうか、とアガサは思った。ダイエットやエステのことは忘れ、ぶくぶく太って魅力がなくなり、だぼっとしたテントのような服を着て、濃厚なクリームが使われたものを片っ端から食べる。

ふいに、ロイの気が変わって、こっちに来てくれればいいのにと思った。そうしたらデートを断って、二人で馬鹿食いできるのに。

「例の猫は見つかった？」

「いえ、白いペルシャ猫はどこにもいません」

アガサは両手に顎をのせた。「あの人たちのことを考えてみたの、教区委員たちのことを。最初は、りっぱな市民グループに罪を犯す人がいるなんてありえないと思った。でも、いったん内情が暴露されると、恨みや嫉妬や情熱が渦巻いていたのよ。そうそう、ロビーナがメモをどこでタイプしてもらったかわかった？」

「いいえ。そちらの線も行き止まりです」

「アンディ・スティッグスが犯人じゃないかという気がしてきたわ」

「副議長ですね。どうして彼が？」

「暴力的な男みたいなの。ロバート・ストラザーズに対してずっと恨みを抱えていたのよ。ストラザーズがアンディの愛しい人と結婚したので、彼はその反動でひどい女と結婚し、そのことをロバートのせいにしていたの。それに彼はミネラルウォーター会社のことを心から憎んでいた。おまけに自分が議長になるべきだと考えていたみたいよ」

「彼には不審な点はまったくありません。この連中の厄介なところはそこなんです。殺人者を匂わせるような経歴が誰にもないんですよ」

「でもメアリー・オーエンがいるわ。あのグループに資金を提供して騒ぎを起こさせていた」

「たしかに彼女は底意地の悪い嫌な人間ですね」

「全員が嫌な人間よ。実際、わたしは数々の脅しや侮辱に耐えてきたわ。だからもう調査は止めると言ったら、あなた、うれしいでしょ」

「ええ、その方が賢明ですよ、アガサ。警察の捜査はなかなか進まないように思えるかもしれないが、徹底的に調べてますし、最終的には犯人を捕らえますよ。ただ、ぼくはたしかに疲れているんで、今日は午後から休みをとります」

アガサはチェルトナムに車を走らせ、ディナーの食べ物を買った。前菜にサーモンムース、メインは鴨のオレンジソース——電子レンジに入れられるか容器をチェック。それに甘ったるいキャラメルプディング。電子レンジ調理ができる野菜とチーズソースのかかったポテトも買った。ポテトグラタンが鴨のオレンジソースと合うかどうかわからなかったが、生のじゃがいもを買う気力はなかった。

それから車に食料品を積むと、プロムナードに歩いて戻った。高級ブティックをのぞいて奇跡的に若返らせてくれるドレスはないかと探したが、見つからなかった。

家に帰ると冷蔵庫に食べ物を詰めこみ、二階に行って横になり、一時間ほど本でも読むことにした。しかし、ぐっすり眠りこんでしまった。

はっと目覚め、ベッドサイドの時計を見て小さな悲鳴をもらした。六時だった。ダイニングルームにテーブルを準備し、リビングに掃除機をかけ、すぐに火をつけられるように薪を用意した。

それからまた二階に戻ってお風呂に入り、優雅だが着心地のいい服を探した。ようやく、ずっと着ていなかった金色の刺繍をほどこした紫色の長いカフタンを見つけた。これがいい。ゆったりしていて楽なのに、ディナー向けのドレスに見える。

念入りにメイクをすると、艶が出るまで髪をブラッシングした。

化粧台から立ち上がろうとしたとき、いらだちの声をもらした。その日着ていた服が部屋の隅に山になっている。ガイをまた寝室に入れるつもりはなかったが、それでも洗濯かごに入れておくべきだろう。

下着とネイビーブルーのブラウスをとりあげ、洗濯かごに放りこむ。それから百ワットの電球なのでいっそうはっきり見えるバスルームの明るい照明で、洗濯かごを見下ろした。

ゆっくりとネイビーブルーのブラウスをつまみあげた。ブラウスの背中には、数本の白い毛がついていた。まちがいなく猫の毛だ！

寝室に戻り、はいていたスカートを見つけた。スカートにも白い毛が二本ついている。

よろよろとベッドにすわった。メアリー・オーエン。メアリー・オーエンにちがいない。

しかし、ふいにメアリー・オーエンが「すわって」と言い、自分が拒否した場面をはっきりと思いだした。もちろんメアリーは鏡の前にアガサを押しやったときに、すぐそばまで近づいてきたが。

そのとき別の場面が頭に浮かんだ。ポーシャ。ポーシャに毒舌を吐かれているあいだ、ポーシャの家のソファにすわっていたのだ。

ビルに電話しなくてはならない。今日は午後から休みをとると言っていた。アドレス帳をとりだして、彼の番号をダイヤルした。

「何なの？」電話の向こうで不機嫌なミセス・ウォンの声がした。

「アガサ・レーズンですけど、ビルに至急話したいことがあるんです」

「お風呂に入っているから、呼べないわ」

アガサは大きく息を吸った。「シャロンが妊娠していると伝えようと思って電話したんですけど」

息を呑む声がしてから、バタバタと足音が響いた。アガサは顔をしかめて待った。

「嘘だよ」ビルが言っているのが聞こえた。「冗談だよ」それから彼の声が受話器から聞こえてきた。

「一体何を企んでいるんですか、アガサ？　母さんは心臓発作を起こすところでしたよ」

「ビル、聞いて！　どうしても電話に出てほしかったの。ゆうべポーシャの家に着ていった服に、白い猫の毛がついてたのよ！」

「彼女とは思わなかった。すぐに調べます。お手柄ですよ」

ビルは今度ばかりは母親の質問を無視して、あわてて服を着た。外に飛びだそうとしたときに、また電話が鳴った。母親よりも早く受話器をつかんだ。「ジェームズ・レイシーだ」あわてた声が言った。「聞いてくれ！」

ビルは耳を傾けた。それから言った。「ちくしょう。それに彼は今夜アガサの家にいるんだ！」

その日の昼間、ジェームズは古い友人をシティのランチに誘いだした。昔話に花を咲かせたあとで、このぐらいで充分に礼儀を尽くしたと判断し、ジェームズはおもむろに質問した。「フリーモント兄弟について何かわかったかな？」

友人のジョニー・ビレルは言った。「あちこち聞き回って探ったよ。このミネラルウォーター会社のために銀行からかなり多額のローンをしたようだ」

「じゃあ、香港から大儲けして戻ってきたわけじゃないのか？　わたしが無知なのかもしれないが、どのビジネスマンも香港から戻るときは億万長者になっているのかと思っていた」

「全然」ジョニーは言った。「わたし自身も二年ほど向こうに行っていたんだ。ガイ・フリーモントについて、きみが喜びそうな噂があったよ」

「ぜひ聞かせてくれ」

「いいとも。彼らはアパレル業界にいて、搾取工場を経営していた。それは香港ではなく、こっちで問題になっていたが、業績は順調だった。そのうち問題が起きた。すべて噂だよ、もちろん」

「何だ？　どう噂されているんだ？」

「ガイは中国人の娘に夢中になり、相手もしばらく気のあるそぶりを見せていたが、結局ふられたんだ。噂だと、彼はその娘をレイプしたらしい。ガイ・フリーモントはそれをたいしたことじゃないと思っていたようだ。だが娘の父親はとても裕福で権力のある中国人だった。ガイがレイプしたという娘の言葉しか証拠はなかったし、彼女は数人の男を手玉にとっていたようだったが、何があったにせよ、ガイにどういう脅しが向けられたにせよ、兄弟はそのトラブルから抜けだすために有り金をはたいたらしい。中国返還の直前の話だ。言っておくが、すべて誇張されているからね。外国人社会がどういうものか、きみも知っているだろう、ジェームズ。一人がある話を聞くと、それを大げさにしゃべり、さらに別の人間があれやこれやと尾ひれをつけて広める」

ジェームズは腕時計を見ながら立ち上がった。「ここはわたしが払ってもう失礼するよ、ジョニー。大急ぎで田舎に戻らなくてはならなくなった」

しかし道を走りだすと、ジェームズはあれほど軽蔑している携帯電話を持っていればよかったと悔やむことになった。これまでとても役立っている携帯電話を貸してくれた車が動かなくなったのだ。通りかかったドライバーが停まって、携帯電話を貸してくれた。それから牽引トラックが来るのを待たねばならなかった。彼の車は道路に渋滞を引き起こしていたので、修理工はこのまま修理工場に牽引していって、そこでじっくり調べたいと言った。

修理工場に着いたとき、動かなくなったのはガス欠になったせいだと笑いながら修理工に言われ、ジェームズは恥ずかしさのあまり真っ赤になった。

ジェームズがビルに電話できたときは、すでに太陽が沈みかけていた。ジェームズはパニックになっていたようだった。ガイ・フリーモントは怪しげなビジネスマンでレイプ犯だとわかったが、だからといって、殺人者だということにはならない。ともかく、ほしいものを手に入れるのにアガサをレイプする必要はなかったんだ、とジェームズは皮肉っぽく思った。

しかしビルの声の懸念を聞きとり、アガサがガイ・フリーモントをもてなしていると知ると、不安がどっと甦ってきた。「アガサに電話しないでください」ビルが警告した。「彼が犯人なら警戒させたくない。残りは話している時間がありません。ぼくはこれからあっちに向かいます」

アガサはドアベルに応えて、ガイを招じ入れた。「雨が降っているの?」彼女は彼のコートのきらきら光る水滴に目を留めてたずねた。

「降りはじめたところだ。出かける用意はできている?」

「ここで食事したらどうかと思ったの。コートを預かるわ」

彼女はコートを脱がせ、玄関ホールのクロゼットにかけに行った。ビルに電話してから、頭が働かなかった。ずっとなぜ、と問いかけ続けていたのだ。本当にポーシャだとしたら、なぜそんなことをしたのだろう? 彼女はなんらかの精神障害にちがいなかった。ガイに話すべきだろうか?

しかし、ゆっくりとコートをかけながら、ようやくアガサはまばゆいほど明瞭な事実に気づいた。ガイはポーシャとつきあっていた。ガイはポーシャの家に行っただろう。ガイの服に猫の毛がつき、それがロバート・ストラザーズの服についたのかもしれない。フリーモント兄弟が怪しいと何度言われても、PR担当者のアガサは聞く耳を一切持たなかった。宣伝のために人殺しなんてしないでしょ？　と。

ビルに電話したのはよかった。ビルはポーシャを調べているだろう。でも彼女がペルシャ猫を飼っていて無実なら、ガイに注意を向けるかもしれない。ガイ・フリーモントが家に来るとビルに言っておいて賢明だった。

アガサはゆっくりとリビングに戻り、マッチをすって火をつけ、立ったまま炎を眺めた。

「一杯飲ませてもらえないの？」背後でガイの声がした。

アガサはぎくりとした。「ごめんなさい、ぼんやりしていて。ウィスキーがいい？」

「うん、ありがとう。ソーダをほんの少しだけ入れて」

アガサはたっぷりとウィスキーとソーダを注ぎ、自分にはジントニックを作った。

「会ってくれてうれしいよ、アガサ。捨てられたのかと思っていた」

「あら、これまでだって真剣な関係じゃなかったでしょ」アガサは言った。時間を稼がなくてはならなかった。ビルが猫はポーシャのものであることを確認し、それがガイにつながっていたなら、警察がじきにここに駆けつけてくるだろう。

「真剣だと思ってた」

「そんなのおかしいわ。ポーシャ・サーモンドにゆうべ家に呼ばれて、あなたとつきあっていると言われたのよ」

「アガサ、アガサ。それははるか昔のことだよ」

「そんなはずないわ。ミネラルウォーター会社は最近できたんですもの。今年になってポーシャを雇ったんでしょ」

「その前から知っていたんだ」

「香港で？」

彼は目をすがめた。「ぼくのことを調べていたのかい、アガサ？」

「当然だわ。会社のPRを依頼されたとき、あなたたちの経歴についてあちこちで聞いて回ったのよ」

「それで、ぼくの忙しいエンジェルは何を発見したのかな？」

「アパレル業界にいて、香港が中国に返還されるとこっちに戻ってきたと聞いたわ。香港の人たちにとってはひどい話よね。全員がイギリスのパスポートをもらえるといいのに」

「何言ってるんだ、アガサ。彼らは中国人でもあるんだよ」

「だから？　彼らはかつてはイギリス国籍を持っていたのよ」

彼はハンサムな頭を振った。「あなたが自由主義者だったとは意外だな」

「フランスのカレーから先は、非白人の国だと言いたいの？」

「この話はもうやめよう。退屈だよ。それで、あなたは引退して暇をもてあましているのかい？」

「ええ、しかもそれを楽しむつもりなの。ミネラルウォーター会社の調子はどう？」

「とても順調だ。ヨーロッパに輸出を始め、じきにアメリカにも輸出するつもりだ。それも宣伝のおかげだよ」

「わたしには永遠に理解できないでしょうね。笑っている髑髏のラベルが貼られたアンクーム・ウォーターのボトルを見ると、気の毒なミスター・ストラザーズが泉に倒れ、血に染まった水が水盤で渦巻いていた光景しか目に浮かばないから」

「わからないのか、アガサ？　それが秘訣なんだよ」

「何の秘訣？」

「宣伝だよ、商品を売り込むときの。たとえば、大麻の葉をラベルに描いた新しい健康ドリンクが発売された。でも現在はドラッグになる大麻は含まれていない。というのも、ラベルの大麻は雄の葉で、ハイになるのは雌の葉だけだからだ。世間はそれが健康的だから買うと思うかい？　いいや、もしかしたらハイになるかもしれないと期待して買うんだ」

「やっぱりついていけないわ。アンクーム・ウォーターには水しか入っていないのよ、まちがいなく」

「そのことは以前にも話し合ったね。人はすべからく自滅的なんだ。多くの人は健康ショップにハイにしてくれるものか、気持ちを落ち着かせてくれるものを買いに行くが、健康的な店で買っているから大丈夫なんだ、と自分を納得させている。パブで脳をアルコール漬けにしながら、人は薬物依存症者を嘲笑する。ベジタリアンは砂糖を頬張る。そして、ぼくに言わせれば、煙草のパッケージに記された健康についての警告は最高の宣伝のひとつだよ。人間は死に惹かれるものなんだ、アガサ。死の恐怖のせいでね。ちょうど崖の端に引き寄せられるように。そして今の時代には死以上に人間が恐れているものはない」

「そこのところはあまり賛成できないわ。人はすぐ忘れるものよ。アンクーム・ウォーターは殺人事件のせいで世界じゅうに名前が知られたわ、たしかに。だけど、そのあとは、聞いたことがあるな、ぐらいにしかみんな覚えていないでしょう。死をちらつかせることが魅力的だとは、わたしには思えないわ」アガサは煙草に火をつけた。「お代わりを持ってくるわ。そうしたらディナーの用意をするわね」

「わかった。じゃあ、ぼくもキッチンに行くよ」

「だめだめ。料理をしているところは誰にも見られたくないの」

ガイにお代わりを出すと、アガサはキッチンに行き、ドアを閉めた。死は宣伝にいいという話。結局、ガイが犯人だったのだろうか？　サーモンムースは皿に盛りつけてあった。鴨は電子レンジで温める必要があるだろう。それから、すでに電子レンジ調理しておいたじゃがいもと野菜といっしょにオーブンで保温しておこう。

なんてまぬけだったのだろう！　ジェームズはずっとフリーモント兄弟が犯人だと言っていたのに。ジェームズがどんなに勝ち誇ることか。

アガサは閉めたキッチンのドアを見た。警察に電話して……。

彼女は慎重に受話器をとると、警察に電話した。ビルを呼びだしたが、外出していると言われた。「じゃあ、彼に伝えてください」アガサは早口に言った。「ガイ・フリーモントがわたしの家にいます。彼があの殺人を犯したって、はっきりわかりました。こちらはミセス・レーズンです。いいえ、他の人に電話を回してもらう時間はないんです……」キッチンのドアの外で人の気配がしたので、あわてて受話器を置いた。猫たちが足に体をすりつけてきた。キッチンのドアを開けて、二匹を庭に追いだした。「そこなら安全だからね」アガサはささやいたが、あとになって、どうしてキッチンのドアから自分も外に逃げだして助けを求めなかったのだろうと、不思議でならなかった。

鴨を電子レンジに入れると、サーモンムースの二枚の皿を持ってダイニングルームに向かった。

皿を置いてキャンドルに火をつけた。それからリビングに入っていった。

「電話をしてた？」ガイがたずねた。彼は暖炉のそばに立っていた。

「聞いていたの？」アガサはさりげなくたずねた。

「いや、あなたがキッチンで受話器をとったから、こっちの受話器がピンって鳴ったんだ」

「そう、電話をしてたの。ミセス・ブロクスビー、牧師の奥さんにかけてたの」

彼の顔はこわばり、目は暖炉の炎で奇妙に光っていた。彼は一歩アガサに近づいた。

ドアベルが鳴った。

警察だわ、とアガサは思った。

「出てくるわ」

ガイは彼女の腕をつかんだ。「二人だけになりたくないのかい？」

ガイはまじまじとアガサの顔を見つめた。アガサはふつうの状況だったらかくやという、困惑し腹を立てた表情をこしらえようとした。

「いいだろう」ガイは彼女の腕を放した。

アガサは玄関に行き、ドアを開けた。ミセス・ブロクスビーが戸口に立っていた。

アガサは目を大きく見開くと、声を高めた。「ちょうどガイに話していたところなの。ついさっき電話したから、きっとあなたにちがいないって」アガサは必死になってウィンクした。

「トライフルを持ってきたの」ミセス・ブロクスビーはデザートの入ったボウルを差しだした。

「どうぞ入って、ガイに会って」

「おもてなしの最中なら、邪魔をしたくないわ」

「一杯だけ」アガサはすがるように言った。

「ええ、どうぞ」ガイがアガサの背後から現れた。

「お目にかかれてうれしいわ、ミスター・フリーモント」ミセス・ブロクスビーは言った。「すぐ失礼しますね。さっき電話でアガサに言ってたのよ、わたしの特製トライフルが気に入るんじゃないかって」

一瞬前まで緊張していたのに、ガイはすっかりリラックスして見えた。「あなたはトライフルを受けとって、アガサ。ぼくがミセス・ブロクスビーに飲み物を用意しよう」ミセス・ブロクスビーはトライフルのボウルを渡すと、傘をホールの傘立てに入れた。

「ひどいお天気の晩ね、ミスター・フリーモント」彼女は言った。「ああ、ここは居心地がいいわ。いつも思うの、薪の火って本当にきれいだわって。ありがとう、シェリーを少しだけいただけるかしら」

アガサが部屋に入ってきて、椅子にすわった。ガイがおそらく冷血の殺人者だという事実がついに実感されたせいで、胸がむかつき恐怖がこみあげてきた。

ミセス・ブロクスビーはすべてを見通すような目でアガサを見てから、ガイにたずねた。「教会に行っていますか、ミスター・フリーモント?」

「え?」

「教会には行くかって、お訊きしたのよ」

「どうして?」

「わたしは牧師の妻だし、できるだけたくさんの人を教会に集めたいからよ」

ミセス・ブロクスビーは知っているのだ、とアガサは思った。なぜか彼女は知っているのだ。誰かに教会に行っているかと訊くなんて、まったく彼女らしくなかった。

ガイは用心深く笑った。「そうですね、クリスマス、イースター、残念ながら一年に二度礼拝に参列する英国国教派の人間です」

「でも、不滅の魂のために怖くなったことはないの？」

「お言葉を返すようですが、ミセス・ブロクスビー、そんなのはたわごとですよ。人が死ぬということは、たんに肉体が死ぬことでしかない――それでおしまいなんです」

「そこがまちがっているのよ」

「どうしてわかるんですか？　神がそうおっしゃったんですか？」

ミセス・ブロクスビーはシェリーをすすり、躍る炎を考えこむように眺めた。

「いいえ。でも、わたしはこれまで人の善ばかりか邪悪も観察してきたの。誰にでも聖なる魂がちょっぴりだけ宿っているものよ。それに妙な形で正義がふりかざされることも目にしてきたわ」

「正義？」

「ええ、そうですとも。邪悪な人々が自分の罪はばれないだろうと考えているのも見てきたけど、必ず最後には苦しむのよ」

「地獄の業火で？」

「そうね。それから生きているときも苦しむ。気の毒なミスター・ストラザーズとロビーナ・トインビーを殺した犯人が誰にしろ、とてつもない苦しみを味わうことになると思うわ」

「警察が彼、あるいは彼女をつかまえなければ、そんなことにはならない」ガイは立ち上がった。「失礼、コートのポケットに煙草を入れたままだった」

「わたしのをどうぞ」アガサが言った。「あなたが煙草を吸うとは知らなかったわ」

「あなたが知らないことはいろいろあるよ」

彼は部屋を出ていった。アガサはつらそうな目で牧師の妻を見ると、声をひそめて言った。「やりすぎないで」

ガイが戻ってきて戸口に立った。コートを着て、小さなリボルバーをまっすぐ二人に向けていた。

「お楽しみはおしまいだ」彼は冷たく言った。「これからドライブに出かけよう。車に乗るんだ。ひとことでも悲鳴をあげたら、撃つぞ」

「どうしてそんな真似をしているの？」アガサが言った。

「いいから黙って行動しろ。立て！」

外に出ると、アガサに命じた。「あんたが運転して、そっちの狂信者は隣にすわるんだ。ちょっとでも馬鹿な真似をしたら、二人とも殺す」

「アンクームを通る道を行け」出発すると、ガイはアガサに命令した。

アガサはすべての希望が潰《つい》えるのを感じた。警察は反対側から村に入って来るだろうから、この車には気づかないだろう。リボルバーの冷たい銃口がうなじに押しつけられていた。

隣のミセス・ブロクスビーは祈るように両手を組み合わせて、静かにすわっていた。祈りが役に立つの？　アガサは彼女に叫びたかった。

「モートンに出たら、フォス街道でストラットフォードへ向かえ」ガイが命じた。

アガサは従った。他にできることはなかった。座席と体のあいだにハンドバッグが押しこめられていた。出てくるときに習慣から手にとったのだ。武器として使えそうなものがこの中に入っていたかしら？　爪切りばさみ？　だめだ。小さなスプレー缶。それをつかんで、彼の顔に噴きつけることができれば。でも、どうやって？

彼にしゃべらせるのよ、とアガサは思った。「じゃあ、あなたが二人を殺したの？」

アガサは言った。

「いいから運転して、口を閉じていろ」

小説だと、犯罪者はたいてい自分の犯罪についてべらべらしゃべり、そのすきに主人公は逃げだすことができるんだけど。フロントウィンドウのワイパーがメトロノームのようにリズミカルに動いていた。

モートン・イン・マーシュをあとにして、フォス街道に出た。丘陵を上っては下るローマ時代に建設された道だ。ローマ人の軍隊は楽な回り道をしようとはしなかったのだ。

「そっちだ！」ガイが怒鳴った。

「こっちはトッドナムに出る道よ」アガサが言った。「〈バジェンズ〉の裏を抜けた方がいいわ」

「いいから運転しろ！」

ドリス・シンプソンは猫たちの面倒を見てくれるだろうか？　彼はまちがいなくわたしたちを殺すつもりでいる。

「停まれ！」ガイが命じた。

アガサはブレーキをきしらせて停止した。「まずおまえだ」ガイがミセス・ブロクスビーに言った。「もし逃げたら、彼女を殺すぞ」

「逃げて」アガサは牧師の妻に言った。「どっちみち二人とも殺すつもりでいるんだから」

しかし、ミセス・ブロクスビーは車を降りると、びくつきながら車の横に立った。

「野原の方に行け」ガイが言った。

車を降りたアガサは、気がつくとハンドバッグをつかんでいた。

フェンスをくぐりながら、ハンドバッグの中に手を突っ込んで小さなスプレー缶を探した。

「そこに立つんだ、二人とも」雨はすでに止んでいて、かすかな星明かりがガイの手の黒いリボルバーを照らしだしていた。

彼は拳銃を二人に向けた。

ミセス・ブロクスビーがアガサの隣から離れ、まっすぐガイの方に歩いて行くと、片手を彼の腕に置いた。

「こんなことをしてもむだよ」彼女はやさしく言った。「もう逃げられないわ」

彼はその手を振り払った。

アガサはぱっと飛びだして、彼の顔に向かってスプレーを噴射した。ガイはわめきながら目をかきむしり、リボルバーを落とした。

牧師の妻はリボルバーを拾って叫んだ。「下がって、アガサ」

ガイはかすんだ目で二人を見た。「いいとも撃つがいい」ミセス・ブロクスビーに近づいてきた。「だが、おまえにはできないだろう、なあ、神のしもべさん？　できるものか！」

彼は手を伸ばしかけた。

ミセス・ブロクスビーは彼の胸のど真ん中を撃った。

ガイは驚いて彼女を見つめてから、白いシャツに広がっていく染みを見下ろした。

「こんなことがあってたまるか」ガイ・フリーモントは言った。

ミセス・ブロクスビーは濡れた芝生の上にへなへなとすわりこんだ。「そうよね」力なく言うと、両手で顔を覆った。

ガイはうつ伏せに倒れると動かなくなった。月がギザギザの黒雲の陰から現れた。遠くで雷鳴が轟《とどろ》いた。

アガサは震える足で歩いていき、ミセス・ブロクスビーを立たせた。「助けを求めなくちゃ。それに、あなたをここに残しておくわけにはいかない」

「神よ、許したまえ」ミセス・ブロクスビーはつぶやいた。「彼を殺してしまったわ」

「死んではいないかもしれない。でも、ぐずぐずしてはいられないわ」

アガサは牧師の妻を車に乗せた。キーはイグニッションに挿さったままだった。足がひどく震えていて、アクセルがなかなか踏めなかった。

しかし、どうにか車を発進させると、トッドナムに向かい、最初の家で車を停めた。玄関に出てきた家の主は二人の女性が立っていて、ミセス・ブロクスビーがまだ握りしめていた拳銃を目にすると、悲鳴をあげてドアをバタンと閉めた。

「その銃をちょうだい」アガサはハンドバッグにしまった。

二人は隣の家まで歩いていった。やせた青年が出てきて、電話を使わせてほしい、警察に電話しなくてはならないからという頼みを聞くと、家にあげてくれた。アガサは警察と救急に電話し、青年に住所を訊いた。

「戻った方がいいわ」アガサは言った。「あなたはここで待っていて、ミセス・ブロクスビー。わたしが彼らを案内するわ」

「いいえ、わたしもいっしょに行く。わたしが彼を殺したんだから」

ガブリエル・ローという名前の青年は付き添っていこうとして、思い直した。この女性のうちの一人が人を殺したのなら、ここに残っていた方が安全だろう。

アガサは野原まで短い距離を運転した。

二人は黙りこんだまま車にすわっていた。

「ああするしかなかったの」ようやくミセス・ブロクスビーは言った。

「ええ、そうよ。さもなければ二人とも死んでいた。わたしはなんて愚かだったのかしら！　どうやって彼だと気づいたかわかる？」

「いいえ」

「ミスター・ストラザーズのズボンの折り返しに白いペルシャ猫の毛がついていた、とビル・ウォンが教えてくれたの。でも、白い猫の所在はまったくわからなかった。つまり、ゆうべ、彼の秘書のポーシャ・サーモンドに会いに行くまではね。彼女はガイとつきあっていると言った。そのあと、彼女に会いに行ったときに着ていたブラウスに、白い猫の毛がついていることに気づいたの。馬鹿よね、最初はポーシャが犯人だと思ったわ」

「ポーシャはその猫を処分したんでしょうね」

「だけど、誰も彼女のことを思いつかなかったの。それに警察はアンクームで白い猫についてたずねて回っていたけど、理由も説明しなかったし、その情報を公表することもなかった。だけど、あなたはすぐに彼だと気づいた。どうして？」

「リビングに入っていったとき、邪悪な雰囲気がはっきりと感じとられたから。それに、あなたは蒼白になって怯えていた。あなたの命を危険にさらしてしまったわね、アガサ。わたしも怯えていたの。それなのに、あんなふうに犯人だと思っていることを彼に教えてしまった。なんて馬鹿だったのかしら。聞いて！　あれは警察のサイレンじゃない？」

アガサは窓を開けた。「何台か来たみたい」

二人は車を降りて、道に立った。

ビル・ウォンが最初の車から駆け降りてきて叫んだ。「彼はどこですか？」

「あっちの野原、すぐ先よ」アガサは指さした。

ビルとウィルクス警部と数人の警官が野原に向かった。「救急車をこっちに回して」ビルが叫んだ。

アガサとミセス・ブロクスビーはずっと待ち続けた。とうとうガイが乗せられたストレッチャーがフェンスをそろそろと越えてきた。彼は顔に酸素マスク、腕に点滴をつけられていた。

「まだ生きているんだわ」ミセス・ブロクスビーが言った。

そして、泣きくずれた。

10

「じゃあ、彼は命が助かりそうなのね」ガイ・フリーモントが逮捕された数日後、アガサはビル・ウォンとキッチンで話をしていた。

「片方の肺はなくなりましたが、命は助かります」

「ミセス・ブロクスビーのためにうれしいわ。あんな善良な女性が人を殺したことと向き合っていけるかしらって、心配だったから。彼はもう自白したの？」

「緊急手術のあとで意識を取り戻すと、自白しました。死にかけていると思ったんですよ。今は命が助かったことを知り、弁護士を雇ってショック状態だったという答弁を用意させているみたいです」

「罪を逃れることはできないでしょ！」

「ええ。彼はポーシャの家の鍵を持っていたので、そこでストラザーズを殺したんです。彼女が出かけていたので、ミスター・ストラザーズに電話をかけて呼びだした。

ミスター・ストラザーズがミネラルウォーター会社に反対票を入れると知ると、火かき棒で頭を殴りつけた。ポーシャの車のキーも持っていたので、ロバートをトランクに入れて、泉に運んでいって遺棄した。ロバートが確実に死ぬようにさらに頭を殴りつけたので、あなたは血が流れているのを見たんです」

「本当にポーシャは無実なの？　ガイが車を使っていたとき、彼女はどこにいたの？」

「歩ける距離にあるレストランで食事をしていて、それには目撃者もいます」

「それでロビーナの件は？」

「ポーシャがそこでも役に立ったんです。ポーシャは村祭りの一週間前に、ガイがロビーナとパブで会ったことを供述しました。しかし、そのことは誰にも言わないようにと口止めされた。そしてガイの自白によると、ロビーナは神経過敏になっていたそうです。絶対に契約書には法的な穴があると言い張ってサインしなかった。ガイがそんなものはないとなだめたが、村祭りの日に考えが変わったと公表すると言いだしたんです。彼女はすでにスピーチ原稿を用意していました。

それでガイは村祭りのときにこっそり抜けだした。古いタイプライターですでにメモも作っていた。そのタイプライターは川に捨てたそうです。塀際に立っているときに彼女を殴り、彼女のメモを奪い、自分のメモとすり替えたんです」

「殺人事件は有効な宣伝になるとかいうたわごとは?」アガサは訊いた。

「宣伝のために殺したわけではないが、とても役に立ったと彼は言っています。もちろん弁護士はショックと薬のせいで、自分が何を言っているのかわかっていないんだと弁護しようとしていますけどね。無罪放免にはなりませんよ。鑑識がポーシャの家を徹底的に調べ、じゅうたんに血痕を発見しました」

「猫はどこで飼っていたの?」アガサはたずねた。「わたしは見かけなかったわ」

「最初の殺人のあとで、猫を母親のところに連れていったんです。忙しくて世話ができなかったと言っています」

アガサは思い切り顔をしかめた。「彼女が何も知らなかったということはありえないと思う。警察は白い猫を探していることを公表しなかったけど、ガイはそれを知っていたにちがいないわ」

「それを証明するのは非常にむずかしいでしょうね」

「それで兄のピーターはどうなの?」

「彼は完全に無実のようです。しかしミネラルウォーター会社はじきにつぶれるでしょう。これまでの利益はガイの弁護費用で使い果たされてしまうでしょうから」

「ちょっと待って。誰が脅迫状を書いていたの?」

「アンクームの老人です。警察にやって来て自白しました。ジョー・パーという男で、精神障害の長い病歴があるんです」

「ロビーナの死では彼にも責任があるのよ」アガサは腹を立てていた。「彼女をあんなに怯えさせなかったら、決心を変えなかったでしょうからね」

ビルは同情をこめてアガサを見た。「ショックから立ち直りましたか？」

「大丈夫だと思うわ」アガサはあのぞっとする夜のことを思い返した。ジェームズがパトカーのライトの中に現れ、ただ見ていたこと、近づいてきて慰めようともしてくれなかったことを。「ミセス・ブロクスビーとさんざん話をしたの。ガイを殺さなかったという事実は、彼女にとっては奇跡だった。でも、わたしの命を危うくしたことでいまだに罪悪感に苛《さいな》まれているわ。ガイに審判の日についてお説教をしてしまったことをね」

「彼女は驚くほど勇敢でした。そしてあなたもね、アガサ」

「わたしは本当に愚かだったわ。教区会の委員たちにひどく侮辱されたせいで、心の底から彼らを憎んでいた。だから絶対にあのうちの一人だと信じこんでしまって。ガイは……何かわたしについて言っていた？」

ビルは両手を組むと、それを見下ろした。実を言うと、アガサが素人探偵として有名だったので、自分に疑いを向けさせないために関係を持ったと、ガイは自白していた。「いいえ」ビルは嘘をついた。「ひとことも」

「馬鹿だったわ」アガサは嘆いた。「ジェームズの目には、犯人はフリーモント兄弟のどちらかだってことが明白だったみたいね」

「ええ、彼は二人について有益な情報を探りだしたんです。そのことは話しましたよね」

「だけど、どうしてわたしに何も言わなかったの？　どうしてロンドンに行く理由を話してくれなかったのかしら？」

「話してくれたら、彼の言うことを信じましたか？」

アガサは赤くなった。「たぶん、信じなかったわね」

「彼と会いましたか？」

「いいえ、警察でちらっと姿を見かけただけ。彼は電話もくれないし、わたしからもかけていないの。シャロンから連絡はあった？」

「彼女は巡査と出歩いていますよ。とても幸せそうだ」

たぶん、その巡査は両親と暮らしていないのだ、とアガサは推測した。

「ジェームズはポーシャと食事に行ったの？　彼女を誘っていたけど」

「さあ、行かなかったんじゃないかな」

「不思議なのは、メアリー・オーエンと妹が無実なら、どうしてわたしを脅すような真似をしたのかってことよ」

「彼女は性悪な女性なんですよ。犯人が彼女だったらいいのに、と思ったほどです」

ドアベルが鳴った。アガサが出ていくと、ロイ・シルバーが立っていた。「ちょっと顔を出そうかと思って寄りました」彼は陽気に言った。

「どうぞ。ビルが来ているわ」

「ちょうど帰るところですよ」ビル・ウォンがアガサの背後から現れて言った。「またあとで」

「どうぞ、ロイ」アガサは言った。「本当はどうして来たの?」

「すがって泣く肩をあなたに貸すためですよ。新聞で事件についてすべて読んだので」

「最悪の時期は乗り越えたわ。どのぐらい滞在するつもり?」

「今日だけです。洗いざらい話してください」

キッチンでコーヒーを飲みながら、ガイを疑いはじめたものの、そのまま彼に調子を合わせていたという、すっかり脚色した話をアガサは語って聞かせた。

「ランチでもどう？」最後にアガサはたずねた。

「ぼくがおごりますよ、アギー。アンクームのパブに行って、地元の連中がニュースをどう受けとめているか見てきましょう」

二人はアンクームに車を走らせた。落ち葉が道でくるくる躍り、秋の霜で花は黒くしおれていた。

「冬のあいだ、どこか海外に行こうかと思っているの」アガサは言った。「寒さと霧には我慢できないわ」

「へえ、ぼくはイギリスでぶらぶらしていますよ。ロンドンに引っ越してきたらどうですか？」

「どうして？」アガサは疑わしげにたずねた。

「ただの思いつきですよ」

二人がパブの隅のテーブルについたとき、アンクーム教区会のメンバーがぞろぞろ入ってきた。アンディ・スティッグスがついさっき議長に選ばれたようだった。彼らはみんな陽気だった。

「お互いを憎みあっていたなんて想像もできないわ」アガサは啞然となった。

全員がアガサに気づいたが、誰一人やって来て挨拶しようとしなかった。彼らは酒を飲み、互いに乾杯し、これみよがしににぎやかにしゃべっていた。

「ここを出ましょう」あまり食欲をそそられないランチをどうにか食べ終わると、アガサは言った。「あの連中を目にするだけで気が滅入るわ。絶対にあのうちの一人だと思ってたのよ」

「ガイを疑っていたんじゃなかったんですか？」

「最初はちがったのよ」アガサはあわてて訂正した。

二人がコテージに戻ると、ジェームズが前庭で作業をしていた。彼は二人の方に近づいてきた。

「どうしてた？」アガサにたずねた。

「もう大丈夫よ」家の鍵を探しながら、アガサは答えた。「事件の直後は友人がついていてくれたら、ありがたかったでしょうけどね」

「だけど、わかるだろう」ジェームズは淡々と言った。「わたしはきみにとても腹を立てていたんだ。まったく愚かな女だよ。犯人はガイ・フリーモントだとあんなに言ったのに。でも、きみは聞く耳を持ったかい？　ノーだ。彼は疑われないように、きみと関係を持っていたにすぎなかったんだよ」

アガサは鍵を見つけ、玄関を開けた。「もう失礼してもいいかしら、ジェームズ？」

冷ややかに言った。「わたしたち忙しいの」

彼は肩をすくめ、背中を向けて歩み去った。

ロイがアガサのあとから家に入ってきた。「あなたを大切にしてくれる人をそろそろ見つけた方がいいですよ」

「わかったわ」アガサは大きなため息をついた。ふいに一人になりたくなった。「何時の列車？」

「四時十五分に乗ろうかと思っていたんです」

「駅まで送っていくわ」

「ねえ、アガサ、あなたは才能をむだにしていますよ。ペドマンズは新しい顧客を抱えたんです」

ロイはペドマンズで働いていた。「あら、そうなの？」アガサの声は投げやりで取りつく島もなかったが、ロイはかまわずに続けた。

「ヘルスバズっていうソフトドリンクなんですよ。ボスはその担当にはあなたがうってつけだと言っています。どこに行くんですか？」

「あなたにタクシーを呼ぶために電話をかけようと思って。慰めてくれるために来たんじゃなかったのね。ボスに命令されて来たんでしょ！」

彼女は電話をかけてタクシーを呼んだ。

ロイは友情から来たのだと弁解しながら帰っていった。

数分後に電話が鳴った。ジェームズだった。「ねえ、アガサ、こんなふうにけんかしているのは馬鹿げているよ。よかったらディナーでもどうかな?」

「いいわ」

「八時に迎えに行くよ」

アガサは電話のそばの小さな椅子に腰をおろし、両手で頭を抱えた。ディナーに誘われたのに、どうして幸せでもないし、興奮してもいないのかしら?

電話がまた鳴ったので、飛び上がった。

「チャールズです」貴族らしい声が言った。準男爵のチャールズ・フレイスだった。

「まあ、チャールズ。連絡いただけてうれしいわ」

「ずっと旅に出ていたんだ。今夜ディナーでもどうかな?」

アガサは予定があると言おうとしたが、表情をひきしめると、こう答えていた。

「喜んで」

「どこで待ちあわせする?」

「八時にここまで迎えに来てちょうだい、チャールズ」アガサはきっぱりと言った。

「それからディナーのお勘定書が来るときに、トイレに消えたり財布を忘れたと言いだしたりしないでね」

「それは昔のわたしだ」チャールズは笑った。「八時に行くよ」

アガサは電話を切ると、ジェームズに電話した。「悪いけど、今夜は会えないわ」きびきびした口調で言った。「すっかり忘れていたんだけど、別の約束があったのよ。じゃあまたね、ジェームズ」乱暴に受話器を置いた。

またもや年下の男性とディナーだわ、とアガサは思いながら、疲れた足どりで階段を上がっていき、皺とりクリームを顔に塗りつけた。

ジェームズ・レイシーはアガサの玄関が見える窓辺に待機していた。八時に、サー・チャールズ・フレイスが到着するのが見えた。

ふうん、そういうことか、とジェームズは苦々しく思った。実はディナーをとりながら、けんかには疲れたので、もう一度やり直したいと、アガサに提案するつもりでいたのだった。

しかし、ふしだらにも次から次に若い男と遊び回るなんて、自分には値しない女だ！

アガサ・レーズンにはテレパシーが通じないという事実は、ジェームズの頭をちらりともよぎらなかった。

訳者あとがき

アガサ・レーズンを主人公にしたシリーズも本書『アガサ・レーズンと死を呼ぶ泉』で七作目になりました。前作『アガサ・レーズンの幻の新婚旅行』で、アガサは本来なら新婚旅行先となるはずだった（ジェームズとの結婚式がご破算になったいきさつは『アガサ・レーズンの結婚式』でお読みください）キプロスまでジェームズを追っていき、殺人事件のからむ冒険や思いがけないロマンスを経験しました。今回はカースリー村の隣村、アンクームでの泉の利用権を巡る争いに、首を突っ込むことになります。

髑髏の口から水があふれだすアンクーム村の泉に、とあるミネラルウォーター会社が目をつけ、泉の所有者のロビーナと契約をして水をボトルに詰めて売りだそうとします。アンクームの教区会はその企画に賛成派と反対派のまっぷたつに分かれ、激しい議論を繰り広げていました。そんなとき、態度を保留していた教区会の議長が殺され、たまたまアガサが第一発見者になってしまったのです。当然、アガサは好奇心をそそられ、事件を調べてみようとします。折しも元部下のロイ・シルバーに、問題のミネラルウォーター会社のPRをフリー契約で依頼されたという事情もありました。

しかし、今回はこれまでのようにジェームズとの共同調査ではありません。アガサが夫の生死も確認せずに結婚しようとしたこと、さらにキプロスでのアガサと準男爵チャールズとのロマンスをどうしても許せずにいるジェームズは、ずっとアガサに対して冷淡でよそよそしい態度をとり続けていたからです。ジェームズとのことで鬱屈した日々を過ごしていたアガサですが、幸いにも仕事は気分転換に役立ちました。おまけに、ミネラルウォーター会社の共同経営者であるハンサムな三十代半ばのガイと親しくなり、一気に華やいだ毎日になります。

しかし、エステに行ったり、服に気を遣ったりして、二十歳以上年下のハンサムな男性とデートすることに胸をときめかしながらも、アガサは自分の年齢のことで悩み続けるのです。そして世間の冷たい目や心ない言葉にも傷つきます。

老化という避けられない現象を前にしてうろたえ、ときにはやけになっているアガサの姿に、同世代の訳者は本当に身につまされました。おそらく作者ビートンの本音が投影されているのだと思いますが、わかるわかる、とうなずくことばかりで、アガサといっしょに笑ったり、しょげたりしました。そして弱い部分を持つアガサをいっそう愛おしく感じたのです。

ビートンはフランスやトルコなどを旅しながら、相変わらず精力的に執筆を続けています。このシリーズの二十六冊目*Agatha Raisin and Dishing the Dirt*が二〇一五年九月に出版され、二〇一五年十一月末には次作を脱稿した、とフェイスブックで報告しているので、二〇一六年には二十七冊目が出版されることでしょう。ビートンがそそっかしいのは相変わらずのようで、セーターを虫に食われて虫除けスプレーをたっぷりまいたのはいいのですが、うっかりヘアスプレーとまちがえて髪にも吹きつけてしまったとか。これは虫の復讐だ、という言葉に思わずにやっとさせられました。

混迷を深めていくアガサとジェームズとの関係は、今後どうなっていくのでしょうか。本書のラストも波乱を予感させる終わり方なので、次作*Agatha Raisin and the Wizard of Evesham*が楽しみです。アガサは自分でヘアカラーをして失敗し、イヴシャムの新しい美容院に直してもらいに行きます。しかし、腕がいいと思っていた美容師は、なにやらいわくありげで……という物語のようです。今後ともアガサの応援をよろしくお願いいたします。

コージーブックス

英国《えいこく》ちいさな村《むら》の謎《なぞ》⑦
アガサ・レーズンと死《し》を呼《よ》ぶ泉《いずみ》

著者　M・C・ビートン
訳者　羽田詩津子《はたしずこ》

2016年　2月20日　初版第1刷発行

発行人　成瀬雅人
発行所　株式会社　原書房
〒160-0022 東京都新宿区新宿1-25-13
電話・代表　03-3354-0685
振替・00150-6-151594
http://www.harashobo.co.jp
ブックデザイン　atmosphere ltd.
印刷所　中央精版印刷株式会社

落丁・乱丁本はお取り替えいたします。
定価は、カバーに表示してあります。
 ISBN978-4-562-06049-8 Printed in Japan